Iben Akerlie

DER Sommer, IN DEM EINFACH alles PASSIERT IST

Deutsch von
Ina Kronenberger

Verlag Friedrich Oetinger · Hamburg

»Nora?«

Mama steht draußen im Flur vor der geschlossenen Tür und spricht mit mir. Ich antworte nicht, weil ich nicht weiß, was ich sagen soll. Mein Atem klingt wie leises Schluchzen, dabei weine ich nicht.

Ich höre, wie die Klinke nach unten gedrückt wird, und stürze zum Bett. Verberge mein Gesicht im Kissen, bevor Mama ganz ins Zimmer kommt. Sie setzt sich neben mich.

»Nora ... mein Schatz, es geht ganz schnell vorbei.«

Ich schüttle den Kopf. Mama legt mir eine Hand auf den Rücken.

»Bevor du es richtig mitkriegst, bist du wieder daheim.«

»Ich will nicht zu Oma.«

Meine Stimme verschwindet im Kissen.

»Du kannst nicht den ganzen Sommer in der Stadt verbringen, Nora, das wäre zu schade.«

»Aber Thilo bleibt doch auch hier ...«

»Thilo ist ein Jahr alt«, sagt Mama.

Sie seufzt resigniert.

»Ich muss fast jeden Tag arbeiten, Nora. Truls auch … du wirst dich zu Tode langweilen …«

»Nein«, sage ich, »bei Oma werde ich mich langweilen.«

Ich war noch nicht sehr oft bei Oma. Sie ist fast nie zu Hause, weil sie so viel verreist. Das liegt daran, dass sie Journalistin war und Norwegen nicht interessant genug fand, behauptet Mama. Jetzt ist sie im Ruhestand, reist aber immer noch viel, weil sie all die Menschen besuchen muss, die sie bei ihrer Arbeit als Journalistin kennengelernt hat.

Der zweite Grund, warum ich bisher nicht oft bei Oma war, ist, dass Mama und sie sich immer streiten, wenn wir dort sind, und wir daher noch vor dem Nachtisch wieder wegfahren. Oma wohnt weit draußen auf dem Land, mitten im Wald. Ihr Haus ist so weit weg von der Stadt, dass ich oft gedacht habe, sie muss zur Strafe dort wohnen. Sie muss irgendwas Schlimmes angestellt haben, weshalb sie bis an ihr Lebensende dort wohnen bleiben muss.

Und jetzt soll ich einen ganzen Sommer bei ihr verbringen?

»Ich kenne Oma ja gar nicht richtig!«

Mama wartet kurz mit ihrer Antwort. Ich drehe mich halb zu ihr um. Daraufhin streicht sie mir die Haare aus dem Gesicht.

»Tja …«, sagt sie, »daran bin ich wohl schuld.«

Ich denke an die wenigen Male, die Oma uns in der Stadt besucht hat. Da waren wir im Museum oder im

Café, weil Oma, wenn sie schon mal da ist, immer was sehen oder unternehmen will. Das letzte Mal, dass ich sie gesehen habe, war kurz nach Thilos Geburt. Damals hat sie ein Kuscheltier mitgebracht, eine kleine, superharte Giraffe aus Simbabwe, die Mama, nachdem Oma gegangen war, ganz unten in die Spielzeugkiste geräumt hat.

Ich winde mich im Bett.

»Ich will nicht …«

Mama seufzt erneut. »Aber du musst.«

Was ich außerdem nicht verstehe, ist, warum Oma überhaupt will, dass ich sie besuche. Wo sie nicht mal Weihnachten mit uns feiern will, unsere Geburtstage vergisst und nie anruft.

Vielleicht bin ich es ja, die was Schlimmes angestellt hat und bestraft werden muss? So fühlt es sich an. Ohne dass ich weiß, was es sein könnte.

Eigentlich tue ich brav, was man von mir verlangt, und meistens bin ich sowieso allein.

Mama sieht mich an, ihr Blick ist sanft. Als wäre alles gut. Als hätte *sie* nicht alles kaputtgemacht. In mir brodelt es, ich würde am liebsten etwas ganz Gemeines zu ihr sagen, kriege aber kein Wort heraus. Ich kann nur noch flüstern:

»Geh weg!«

Mama blinzelt, als hätte sie etwas ins Auge bekommen, dann steht sie auf und geht.

Am liebsten würde ich ins Ferienlager fahren oder hätte einen Ferienjob, dann käme ich allein zurecht. Am aller-

1

liebsten hätte ich eine beste Freundin, mit der ich ganz selbstverständlich in ihr Sommerhaus fahren dürfte, wo ich lange bleiben könnte, den ganzen Sommer über, aber davon bin ich meilenweit entfernt.

Ich habe *niemanden*.

Zwei Tage später fährt unser Auto bei Oma auf den Hof. Alles ist genau so, wie ich es in Erinnerung habe, ein grüner Fleck, ringsum von Wald eingerahmt und mit nur einer Straße hinaus in die Welt. Es gibt dort zwei Häuser, ein großes rotes und ein kleines weißes, sowie einen alten Brunnen und einen Gemüsegarten.

Vor dem roten Haus steht Oma. Sie hat einen großen Strohhut auf dem Kopf, der ihr Gesicht fast ganz verdeckt, aber unter der Krempe kann ich eine große Brille mit viereckigen Gläsern erkennen. Ihre Haare sind lang und silbergrau. Sie liegen schwer auf ihrer Brust und gehen bis zum Bauch. Über einem gemusterten T-Shirt und einer beigen Hose trägt sie eine beige Weste mit mindestens sechs Taschen. Sie sieht aus wie immer.

Mama und Truls steigen zusammen mit Thilo aus. Ich bleibe sitzen.

Oma tätschelt Mama die Schulter und streckt Truls die Hand hin. Dann beschäftigt sie sich mit Thilo, beugt sich vor und kneift ihn in die Wange, zieht eine Grimasse, die bestimmt lieb gemeint ist, Thilo aber dazu bringt, sich ihr heftig zu entwinden.

Oma richtet sich auf und sieht sich um. Mama zeigt zum Auto und sagt etwas. Ich versinke in meinem Sitz. Oma winkt mir zu, aber ich winke nicht zurück. Dann kommt Mama zum Auto zurück, und ich verriegele rasch die Türen, bevor sie es erreicht. Sie bleibt stehen und zieht am Türgriff. Ich starre vor mich hin, ohne auch nur mit einem Muskel zu zucken. Am Ende gibt Mama auf und geht hinüber zu Truls und Oma.

Sie gehen ins Haus, während ich im Auto sitzen bleibe. Als ich endlich die Tür aufmache, geschieht es aus reiner Notwendigkeit. Das Auto hat sich in der Sonne mächtig aufgeheizt.

Ich steuere auf das rote Haus zu. Von der Terrasse aus komme ich direkt in die Küche. Ich laufe weiter zur Treppe ganz hinten und schleiche mich nach oben. An der Tür neben dem Bad hängt ein Schild, auf dem mit etwas schiefen Buchstaben »*NORA*« steht. Oma hat sich nicht gerade ins Zeug gelegt, aber dass sie überhaupt ein Schild gemalt hat, überrascht mich. Ich mache die Tür auf und gehe hinein, lege mich aufs Bett und starre an die weiße Zimmerdecke.

Fast im selben Moment klopft es. Ich sage nicht »herein«, trotzdem macht jemand die Tür auf und schaut ins Zimmer. Es ist Oma.

»Hallo«, sagt sie.

Ich antworte nicht.

»Ich wollte dir nur sagen, dass ich im Bad Handtücher für dich bereitgelegt habe.«

»Danke.«

»Und einen Becher für deine Zahnbürste habe ich dir hingestellt.«

»Okay.«

»Und dass es jetzt Mittagessen gibt.«

Ich nicke nur knapp. Es sieht aus, als wollte sie noch etwas sagen, aber sie geht wieder und lässt die Tür einen Spaltbreit offen stehen, was mich ärgert.

Ich warte eine ganze Weile, bevor ich nach unten gehe. Dort sehe ich die anderen am Tisch auf der Terrasse sitzen. Sie sind fast fertig mit Essen, aber es ist noch etwas übrig, und ein Teller steht für mich bereit. Truls hält das Gespräch mit etwas völlig Uninteressantem am Laufen, für das nur er sich interessiert, Kryptokunst und Bitcoins.

»Das Geniale an Blockchains …«, sagt er, aber niemand hört ihm zu.

Ich konzentriere mich auf das Essen, Oma starrt hinüber zum Wald, und Mama bemüht sich, Essensreste aus Thilos Gesicht zu wischen.

Es ist nicht so, dass ich nicht hierbleiben will, weil wir im Sommer sonst so viele tolle Sachen unternehmen würden. Wir sind eigentlich die ganze Zeit in der Stadt, da Mama im Krankenhaus arbeiten muss. Wenn sie zwischen den Schichten freihat, gehen wir zum Strand oder machen Ausflüge in die nähere Umgebung. Einmal sind wir bis nach Kopenhagen gefahren. Aber diesen Sommer muss Mama plötzlich besonders viel arbeiten, fast jeden Tag. *Rotierenden Schichtdienst* nennt man das wohl. Und dieses Jahr hatte Mama einfach großes Pech.

Mama hat recht, wenn sie sagt, dass ich mich in der Stadt langweilen würde, aber sie liegt völlig daneben, wenn sie glaubt, dass ich mich hier weniger langweilen werde.

Oma geht ins Haus, um die Küche aufzuräumen, und Truls will eine Runde joggen gehen. Somit sind nur noch wir drei am Tisch, aber Thilo zählt nicht, eigentlich sitzen nur Mama und ich hier. Sie kümmert sich demonstrativ um Thilo, doch ich merke, dass sie zu mir herüberschielt.

»Ich will hier nicht bleiben«, flüstere ich.

Mama hört auf, mit Thilo zu schäkern.

»Spätzchen«, sagt sie, als wäre das eine Antwort.

»Ich will daheim sein«, insistiere ich.

»Nora …«

Mama setzt die Sonnenbrille ab.

»Das geht nicht. Jetzt bist du hier. Und das ist jetzt der Plan.«

»Aber …«

Mama unterbricht mich, indem sie laut Luft holt und tief in die Lungen atmet. Dort belässt sie die Luft eine gute Sekunde lang, bevor sie wieder ausatmet.

»Ich finde, du solltest es versuchen.«

»Aber hier gibt's nichts zu tun.«

»Der Sommer wird ganz schnell vorbeigehen. Und vielleicht lernst du ja jemanden kennen?«

Mamas größter Wunsch ist, dass ich jemanden kennenlerne. Sie kann kaum verbergen, wie enttäuscht sie ist, wenn ich allein von der Schule nach Hause komme. Manchmal trödele ich besonders lange auf dem Heimweg, nur um zu erzählen, dass ich noch bei jemandem aus der Klasse zu Hause war oder mit den anderen auf den Bolzplatz gegangen bin. Aber ich weiß, dass sie weiß, dass ich keine Freunde habe.

Sie streicht mir über den Arm.

»Wir treffen jetzt eine Abmachung«, sagt sie und beugt sich noch mehr zu mir herüber. »Können wir nicht einfach sagen, dass du es probierst? Und wenn es absolut gar nicht geht ... wenn du auf gar keinen Fall hierbleiben kannst ... dann hole ich dich ab?«

Ich durchschaue, worauf sie hinauswill. Sie will, dass ich Ja sage. Ich merke, wie die Wut in mir hochsteigt. Ich sollte schreien, dass sie nicht wegfahren und mich allein zurücklassen darf, aber stattdessen stehe ich auf und stürme die Treppe hinauf in mein Zimmer. Dieses Mal denke ich daran, es abzuschließen, damit niemand den Kopf hereinstrecken und mir sagen kann, wo die Handtücher liegen.

»Nora?«

Mama drückt die Klinke herunter. Sie wartet darauf, dass ich antworte, aber ich sage nichts.

»Nora!«

Ihre Stimme klingt jetzt genervt, aber ich rühre mich nicht. Am Ende lässt sie die Türklinke los und geht. Noch fünf Mal kommt sie, rüttelt an der Tür und sagt meinen Namen, aber ich antworte kein einziges Mal.

Erst als ich sicher bin, dass die anderen zu Bett gegangen sind, schleiche ich mich aus dem Zimmer, um zu pinkeln.

Zurück im Zimmer, liege ich hellwach im Bett und starre an die Decke. Ich finde, dass Mama sich verändert hat. Mama, die darauf besteht, mich ins Schwimmbad zu begleiten, die immer darauf achtet, dass die Bettdecke um meine Füße geschlagen ist, wenn ich im Bett liege, die zweimal nachschaut, ob mein Pausenbrot im Rucksack steckt und alle Hausaufgaben gemacht sind. Und jetzt will sie mich einen ganzen Sommer lang allein mit einer Oma auf dem Land zurücklassen, die ich eigentlich nicht kenne?

Okay. Wenn sie es so haben will, soll sie es so haben.

Ich nehme mein Handy in die Hand und schreibe Mama eine letzte Nachricht:

»*Für Anita. Ich bleibe bestimmt ganz lange bei Oma. Du kannst mir meinen Pass und andere wichtige Dinge per Post zuschicken. Antworte nicht auf diese Nachricht. Mach's gut. Gruß Nora.*«

Ich werde von Geräuschen aus der Küche geweckt. Die anderen frühstücken. Irgendwann kommt jemand die Treppe hoch, kurz darauf klopft es an der Tür.

»Nora?«

Es ist Mama. Ich antworte nicht. Die Tür ist abgeschlossen, aber Mama drückt die Klinke gar nicht erst runter. Stattdessen höre ich, wie etwas unter der Tür durchgeschoben wird, und als ich mich im Bett aufrichte, um genauer hinzuschauen, liegt dort ein kleiner Briefumschlag.

Ich bleibe im Bett und höre, wie Mama wieder nach unten geht.

Als sich die anderen zur Abfahrt bereit machen, stelle ich mich hinter den Vorhang am Fenster und schaue ihnen zu. Sie stehen mitten auf dem Hof. Truls umarmt Oma, bevor Mama es auch versucht, aber es wirkt etwas komisch, weil Oma sie auf der gleichen Seite umarmen will. Dann wechseln sie gleichzeitig zur anderen Seite, und die Situation wird noch komischer.

Plötzlich schaut Mama direkt hoch zu dem Fenster, an dem ich stehe. Ich lasse den Vorhang los und mache ein paar Schritte zurück, zähle bis fünf, bevor ich wieder hinausschaue. Jetzt sitzt Mama schon im Auto. Truls steigt auf der Fahrerseite ein, setzt zurück und wendet, dann gibt er Gas, und meine vermeintliche Familie fährt auf der Straße davon und verschwindet bald hinter hohen Fichten.

Noch nie haben wir uns *nicht* voneinander verabschiedet. Noch nie uns *nicht* in den Arm genommen, wenn wir uns getrennt haben. Immer haben wir gesagt, dass wir uns lieb haben und uns gegenseitig vermissen werden. Und jetzt fährt Mama, ohne zu winken, zurück in die Stadt.

Erst in diesem Moment hebe ich den Umschlag auf und drehe ihn um. Es steht nichts darauf, und er ist auch nicht zugeklebt. Ich linse hinein und sehe einen zusammengefalteten Brief mit vielen Worten, die ich jetzt nicht lesen will. Ich gehe zum Nachttisch und lege den Umschlag unter ein dickes Buch, das dort herumliegt.

Dann gehe ich nach unten. Die Tür steht sperrangelweit offen und führt hinaus in den hellen Morgen. Drinnen ist es angenehm kühl, aber ich kann spüren, dass es ein heißer Tag wird.

Auf dem runden Küchentisch steht noch das Frühstück. Es ist für vier Leute gedeckt, und ein Teller ist nach wie vor unberührt. Ich habe einen Riesenhunger und greife gierig zu, hoffe, dass Oma nicht hereinkommt. Ich fühle mich wie Goldlöckchen, die im Haus der Bären von deren Essen isst und in deren Betten liegt. So als wäre ich hier eigentlich nicht willkommen.

Als ich nach dem Frühstück in den Garten gehe, habe ich Oma noch nicht gesehen. Nur Misse, ihre Katze, sitzt auf dem Hof und starrt mich an. Ich starre zurück. Schließlich dreht mir die Katze den Rücken zu und geht zu dem weißen Häuschen. Ich folge ihr.

Die Katze macht es sich auf der Treppe bequem, und ich drücke die Türklinke herunter. Die Tür ist nicht verschlossen. Ich komme in einen kleinen Flur, der das Haus in zwei Teile teilt. Es riecht muffig. Auf jeder Seite gibt es eine Tür. Zuerst schaue ich durch die Tür auf der rechten Seite in ein kleines Bad. Die linke Tür führt in ein Schlafzimmer. Kein typisches Schlafzimmer vielleicht, aber mittendrin steht zumindest ein Bett. Um das Bett herum stapeln sich Bücher, Ordner und Zeitungen. Lose Blätter und Notizbücher liegen überall verstreut. In einem Regal an der Wand stehen noch mehr Bücher und Ordner. An der Wand zum Gang hängen drei Masken, die afrikanisch aussehen oder auch südamerikanisch. Ich bin mir nicht sicher, aber ich weiß ja, dass Oma viel gereist ist und sicherlich an beiden Orten war.

Das Bett ist gemacht. Als ich auf die Decke schlage, steigt eine Staubwolke auf. Ich öffne das Fenster und entdecke Oma. Sie steht mitten auf dem Hof und schaut zu mir rüber.

»Wohnt hier jemand?«, rufe ich ihr zu.

Oma murmelt etwas und schüttelt den Kopf, bevor sie sich umdreht und in das rote Haus geht.

Ich setze mich auf das Bett und teste die Matratze, genau wie Goldlöckchen es getan hat. Ich ziehe einen Ordner aus dem Regal und schlage eine zufällige Seite auf. Ein Zeitungsartikel. Das Papier ist vergilbt und die Schrift ziemlich altmodisch. Die Überschrift lautet: »*Taliban rücken erneut nach Kabul vor*«.

Unter der Überschrift steht, wer den Artikel verfasst hat: »*Wendy Andersson, Nahost-Korrespondentin*«.

Das ist Oma. Der Artikel ist alt, von 1996. Das ist weit vor meiner Geburt, damals war Mama vielleicht so alt wie ich jetzt.

Ich blättere weiter. Noch ein Zeitungsartikel: »*... Wendy Andersson berichtet aus dem kriegsgebeutelten Afghanistan. Zwischen den Häusern Kabuls laufen Straßenhunde frei herum ... der Lärm der Maschinengewehre und Panzer ist verstummt, und nachdem sich der Staub gelegt hat, werden die Zerstörungen sichtbar ...*«

Unter dem Artikel ist ein Foto von einem völlig überladenen Auto mit Männern, die Gewehre in den Händen halten, und ein weiteres Foto von einem Mann, der zwei Kinder an sich drückt, als wollte er sie beschützen.

Ich klappe den Ordner zu und lege ihn auf den Boden, dann ziehe ich einen neuen Ordner heraus. Auch er ist gefüllt mit alten Zeitungsartikeln, größtenteils über den Krieg. Ich überfliege sie, bevor ich den nächsten Ordner herausziehe, der voller alter Flugtickets und Quittungen ist, auf denen die Zahlen fast nicht mehr zu erkennen sind. Es stehen auch mehrere Notizbücher da, aber die Schrift ist so schwer zu entziffern, dass ich aufgebe.

Ganz am Ende des Regals steht ein kleinerer Ordner, und als ich ihn aufklappe, bin ich verwirrt. Zuerst glaube ich, ein Foto von mir selbst zu sehen. Aber dann geht mir auf, dass es Oma ist. Sie sieht jünger aus. Sie trägt ihre Haare offen, die Brillengläser sind viereckig. Die Farben sind verblasst, aber ... ihre Haare sind rot, nicht grau. Ich bin bisher nie auf den Gedanken gekommen, dass Omas Haare je eine andere Farbe hatten als grau. Ich hatte jedenfalls keine Ahnung, dass sie einmal rot waren, wie meine.

Meine Haare sind feuerrot, als würde mein Kopf dauerbrennen. Darum vertrage ich auch fast keine Sonne, weil meine Haut so hell ist. Einmal habe ich im März einen Sonnenbrand bekommen. Und im Sommer kriege ich am ganzen Körper tausend Sommersprossen. Auch wenn ich meine Sommersprossen nicht mag, liebe ich die Sonne, darum bin ich manchmal leichtsinnig und lege mich in die Sonne, dann soll sie gern brennen, soviel sie will.

Ich schaue mich im Zimmer um, es wirkt alles gemütlicher als in dem roten Haus. Hier kann ich allein sein. Aber mir ist auch klar, dass ich erst einmal aufräumen muss, wenn ich hier wohnen will. Zuerst schiebe ich die Bücherstapel an die Wand und räume die Ordner und die herumliegenden Papierstapel ins Regal. Danach fege ich den Boden mit einem alten Besen, den ich ihm Flur finde, und wische die Oberflächen mit einem Lappen sauber. Das Aufräumen hilft mir, nicht an Mama zu denken und daran, wie wütend ich auf sie bin.

Nach einer Weile merke ich, dass ich großen Hunger habe. Essen ist das Problem. Ohne Essen kann ich nicht überleben, und ich kann es mir nicht selbst beschaffen. Ich bin gezwungen, mit Oma zu essen oder zumindest von ihren Vorräten zu essen. Vielleicht sollte ich auch ein bisschen mit ihr reden.

Als ich die Küche im roten Haus betrete, ist der Tisch zum Mittagessen gedeckt, und Oma sitzt da, ohne etwas angerührt zu haben, obwohl sie garantiert schon länger wartet. Sie schaut von der Zeitung auf.

»Willst du lieber draußen essen?«, fragt sie.

Ich nicke, und wir machen uns daran, alles von der Küche auf die Terrasse zu tragen. Leberpastete und Gewürzgurken, die ich liebe, und Kaviar und Eier, die ich hasse. Ein großer Sonnenschirm wirft Schatten auf Tisch und Stühle, und als ich mich setze, versinke ich in dem weichen Polster. Vom Aufräumen bin ich ganz müde geworden. Oma stellt ein Glas Saft vor mich hin. Ich nehme es in die Hand und trinke es in einem einzigen Zug leer.

»Du ziehst also in das weiße Haus?«, fragt Oma.

»Ja«, antworte ich.

Dann ist es eine Weile still, bevor Oma sagt:

»Du hast dich heute Morgen gar nicht verabschiedet.«

Ich sage nichts.

Oma kann sehr direkt sein. Einmal, als wir in der Stadt in einem Café waren, ist sie einfach so zu einem Mann hingegangen, der ganz laut telefoniert hat, und hat ihn gebeten, leiser zu sprechen. Obwohl es bestimmt richtig war und sich viele Gäste darüber gefreut haben, war es mir total peinlich. Ein andermal hat sie einen Jugendlichen, der sich an der Schlange im Museum vordrängeln wollte, zurückgepfiffen. Auch das war peinlich. Mama hat sich aufgeregt, weil sie findet, dass Oma sich für etwas Besseres hält. Dass es nicht Omas Aufgabe ist, anderen Vorschriften zu machen.

Oma mustert mich von der gegenüberliegenden Tischseite.

»Ich glaube, mit Kindern kann ich nicht so gut«, sagt sie.

»Was?«, frage ich zurück.

Oma klappt die Zeitung zu.

»Deine Mutter findet auch«, fährt sie fort, »dass ich nicht so gut mit Kindern kann.«

Ich weiß nicht, was ich sagen soll.

»Ich bin kein Kind«, sage ich versuchshalber.

»Haha«, lacht Oma.

Habe ich was Witziges gesagt?

»Gut, okay«, sagt sie, »einverstanden.«

Es wird wieder still. Ich nehme einen viel zu großen Bissen Brot in den Mund.

»Was bist du denn dann?«, fragt Oma.

Ich kaue. Schlucke.

»Weiß nicht«, antworte ich, »eine Art ... Zwischenmensch vielleicht?«

Oma lächelt. Ich verstehe immer noch nicht, was an dem, was ich sage, so lustig ist.

»Und was machen Zwischenmenschen im Sommer?«,
fragt Oma.

Ich zucke mit den Schultern.

»Angeln?«, schlägt sie vor. »Baden? Auf Entdeckungs-
tour gehen?«

Ich schaue hinüber zum Wald. Er sieht ein bisschen un-
heimlich aus, aber ich weiß, dass er es nicht ist. Es ist ja
nur ein Wald, mit Bäumen und Moos und grünen Hei-
delbeersträuchern voller unreifer Beeren.

»Weiß nicht«, wiederhole ich.

»In der Stadt bist du vielleicht den ganzen Tag mit deinen Freunden zusammen?«

Ich schaue wieder hinüber zum Wald und schüttle den
Kopf.

»Eigentlich nicht«, antworte ich.

Oma sieht mich eine ganze Weile an, bevor sie sagt:

»Hm. Dann schauen wir einfach mal, was die Zeit so
bringt.«

Anschließend schlägt sie wieder die Zeitung auf und
verschwindet dahinter.

Eine Stunde später blickt Oma hinter mir her, als ich auf
den Wald zulaufe. Ich spüre ihren Blick auch noch, als
sie mich längst nicht mehr sehen kann.

Im Wald brennt die Sonne nicht so heftig. Und es ist
still.

Ich versuche, geradeaus zu laufen, habe aber das Gefühl,
leicht zur einen Seite abzudriften. Als ich mich um-
schaue, sieht der Wald hinter mir genauso aus wie der
Wald vor mir. Es ist schwierig, sich an spezifische Dinge

zu erinnern. Es ist anders als in der Stadt, wo ein Gebäude orange ist und das nächste rosa und ich fast immer weiß, wo ich bin oder wie ich nach Hause finde.

Plötzlich öffnet sich der Wald. Vor mir liegt eine Wiese mit hohen Gräsern und voller Blumen.

Sie liegt da wie ein See, von allen Seiten eingerahmt von dunkelgrünem Wald.

»JUUHUUUU!«, rufe ich und laufe mit ausgebreiteten Armen auf die Wiese.

Etwa in der Mitte der Wiese lasse ich den Kopf nach hinten fallen, und für eine Sekunde begegnet mein Blick dem Himmel, bevor mich die Sonne blendet. Ich drehe mich wie wild im Kreis.

»JUUUUHUUUUUUUU«, rufe ich noch einmal, »YIPPPPIIIIIEE!«

Ich falle nach hinten und bleibe auf dem Rücken liegen.

»NICHTS ZÄÄÄÄHLT!«

Wenn man allein ist, darf man echt peinlich sein.

»ALLES EGAAAAL!«, schreie ich Richtung Himmel.

Stille. Im Wald gibt es kein Echo.

Nachdem ich mich an das Sonnenlicht gewöhnt habe, treten die Wolkenformen deutlicher hervor. Eine davon sieht aus wie eine dicke Kuh. Ich atme ein, um erneut loszuschreien, doch dann erstarre ich:

»HAAALLLOOOOOO!«, ruft eine andere Stimme, tiefer als meine.

Ich bleibe vollkommen regungslos liegen und spitze die Ohren. Um mich herum sind nur die üblichen Sommergeräusche zu hören, schwirrende Insekten und das Rascheln der Baumwipfel im Wind. Aber dann höre ich Schritte.

Ich hebe den Kopf drei Zentimeter an und blinzle nach rechts. Dort steht ein Junge.

»Hallo?«, wiederholt er.

Er kommt näher. Zuerst denke ich, das ist ja wie in einem Horrorfilm, bevor es richtig gruselig wird. Dann denke ich, es fühlt sich nicht an wie ein Horrorfilm, weil es so herrlich heiß und sommerlich ist und der Junge nett aussieht. Er steht da mit seinem blauen T-Shirt und der kurzen Jeans. Seine Haare sind dunkel, der Pony bedeckt die ganze Stirn. Es ist ein bisschen so, als würde die Zeit anhalten, als würden wir die Zeit anhalten. Wir starren uns für ich weiß nicht wie lange an, und ich glaube, er lächelt.

Ich stehe auf und will etwas sagen, traue mich aber nicht, es ist so schon peinlich genug, stattdessen drehe ich mich um und renne zurück zu den Bäumen, ohne mich noch einmal umzusehen.

Erst als ich wieder tief im Wald bin, schaue ich verstohlen über meine Schulter. Kein Junge zu sehen.

Ich weiß nicht, in welche Richtung ich laufe. Ich hoffe, ich bin nicht im Kreis gegangen. Beim Gedanken daran, wie peinlich es wäre, dem Jungen wieder zu begegnen, nachdem ich vorher davongerannt bin, bricht mir der Schweiß aus.

Dort! Omas rotes Haus zeichnet sich zwischen den Bäumen ab.

Ich laufe schneller und erreiche mit raschen Schritten

den Hof. Kaum lasse ich mich auf einen Stuhl plumpsen, kommt Oma auf die Terrasse.

»Na?«, fragt sie und mustert mich durch die viereckigen Brillengläser.

Sie hat den Sonnenhut aufgesetzt, und während ich sie betrachte, wirft der Hut solche Schatten auf ihr Gesicht, dass die Sonnenstrahlen um sie herum eine Art Heiligenschein bilden. Ich muss die Augen zusammenkneifen, um ihren Blick zu finden.

Sie redet weiter:

»Was hast du entdeckt?«

Sie setzt sich, und die Sonne scheint mir direkt ins Gesicht. Ich kneife die Augen zusammen.

»Nichts«, antworte ich.

»Hm«, sagt Oma, »komisch.«

Ich versuche, die Augen wieder zu öffnen.

»Man sollte meinen, dass es für einen Zwischenmenschen viel zu entdecken gibt, dass ihm vieles ganz neu vorkommt. Sogar der Wald, der sich an sich nicht verändert.«

Sie nimmt eine Zeitung in die Hand. Ob mir der Wald neu vorkommt, weiß ich nicht. Aber dass ich darin einen Jungen getroffen habe und plötzlich in mir drin ein ganz komisches Gefühl verspüre, das ist zumindest neu.

Die Kiefernholzdecke über dem Bett ist voller Punkte und Linien, die sich zu Mustern und Gesichtern fügen. Eins der Gesichter könnte Mama sein in älter, wenn der Mund des Kieferngesichts genauso groß wäre wie der von Mama. Ich suche nach dem Jungen und finde eine Struktur, die ihm ähnelt, ganz in der Ecke bei den Bücherregalen. Fünf dicke Linien bilden seinen Pony über zwei großen runden Augen. Das restliche Gesicht stimmt nicht überein, oder meine Erinnerung ist falsch. Wenn ich ihn wiedersehe, präge ich mir seine Gesichtszüge besser ein, dann kann ich ihn betrachten, ohne dass er mich sieht.

Gestern habe ich viel an ihn gedacht, bis ich eingeschlafen bin, aber heute fühlt es sich fast so an, als hätte ich nur geträumt. Vielleicht ist alles hier nur ein Traum? Ich kneife die Augen zu und hoffe, wenn ich sie wieder aufmache, in meinem eigenen Bett zu liegen. Aber nein, ich bin immer noch hier, zwischen Omas Ordnern und Papieren.

Ich nehme mein Handy in die Hand, und mir leuchtet als Erstes der Anfang einer Nachricht von Mama entgegen: »*Hallo, Mäuschen ...*«

Mir graut davor, den Rest zu lesen. Ich merke, wie es in meinem Körper brodelt. Aber ich kann nicht anders und tippe darauf:

»*... ein kleiner Gruß von uns! Ich hoffe, es geht dir gut und Oma benimmt sich anständig. Ich vermisse dich ganz doll, mein Spatz. Ich weiß, dass es dir schwerfällt, bei Oma zu sein, aber ich hoffe und glaube wirklich, dass es eine schöne Zeit werden kann. Vergiss nicht, dass du jederzeit schreiben oder anrufen kannst <3 Küsschen von deiner Mama.*«

Ich starre auf die Nachricht. Das Letzte, was ich ihr geschrieben habe, war, dass sie mir nicht schreiben soll. Außerdem ist es verlogen, mich hierherzuschicken und trotzdem nette Nachrichten zu schreiben, als wäre alles in bester Ordnung.

»Sitzt du hier und bläst Trübsal?«

Ich zucke zusammen und entdecke Oma, die durch das eine Fenster hereinschaut. Wie lange steht sie da schon? In der einen Hand hält sie ein Bund Schnittlauch.

»Frühstück«, sagt sie und geht wieder.

Der Tisch unter dem großen Sonnenschirm auf der Terrasse ist gedeckt. Oma hat Rührei gemacht. Sie hantiert in der Küche, ihr Handy klingelt, und ich höre, wie sie rangeht. Mir wird schnell klar, dass sie mit Mama spricht. Sie unterhalten sich nicht lange, und als Oma wieder nach draußen kommt, lasse ich mir nichts anmerken. Oma tut das Gleiche und schneidet den Schnittlauch über das gelbe Rührei, bevor sie mir einen Pfannenwender reicht.

»Nimm dir«, sagt sie.

Ich bugsiere Rührei auf meinen Teller, dann reiche ich Oma den Pfannenwender, und sie tut es mir nach. Anschließend ist es still. Oma hat zumindest Misse, die auf ihrem Schoß liegt und auf der Safarihose ein paar alte Essensreste aufleckt.

»Nach dem Frühstück fahren wir einkaufen.«

Das ist keine Frage, sondern eine Info.

»Okay«, antworte ich.

Omas Auto ist alt und ähnelt diesen Autos, die man in amerikanischen Filmen von früher sieht. Es ist ein *Pickup*, der nur Vordersitze hat und hinten eine Ladefläche. Auf der Ladefläche liegt alles Mögliche herum, ein Seil, Müllsäcke und Angelschnur. Im Führerhaus ist es genauso unaufgeräumt, zusammengeknülltes Papier und Pappbecher liegen überall verstreut. Gerade will ich die schwere Tür zuziehen, da springt Misse herein, ohne dass es Oma kümmert. Als Oma den Motor anlässt und vom Hof rattert, legt sich die Katze zwischen uns.

Ich starre in den unendlich langen, dichten Wald, der draußen vorbeirast. Ich überlege, wie schnell es ging, seit Mama entschieden hat, dass ich hierher soll, bis ich tatsächlich hier war. Vier Tage, aber es fühlt sich an wie fünf Minuten.

Wir kommen an grünen Feldern vorbei, und bald schon tauchen an der Straße erste Häuser auf. Sie stehen zunehmend dichter, und kurz darauf sind wir in einer Art Ortszentrum. Oma parkt auf einem Platz, der von niedrigen Gebäuden mit Schaufenstern eingerahmt ist.

»Bleib hier«, sagt sie, während sie selbst aussteigt.

Ich bleibe sitzen.

»Nicht du«, sagt sie, »Misse.«

Das lasse ich mir nicht zweimal sagen und springe auf meiner Seite heraus. Oma ist mir schon ein paar Schritte voraus auf dem Weg zu einem der Läden. Ich renne hinter ihr her. Sie hält die Ladentür gerade so lange für mich auf, bis ich sie eingeholt habe.

Drinnen ist es kühler. Wir stehen in einem Lebensmittelgeschäft, aber es hat keine Ähnlichkeit mit Lebensmittelgeschäften in der Stadt. Es ist kleiner, die Decke ist niedriger. Alles wirkt irgendwie älter, und die Waren sind eher zufällig angeordnet. Tütensoßen stehen neben Süßigkeiten, die neben zwei kleinen Glasfläschchen mit Sojasoße stehen.

Oma eilt davon. Ich gehe in die entgegengesetzte Richtung und bestaune fasziniert jedes Regal. Es gibt hier viele Dosen und Tüten, Suppen und Kartoffelpüree. Dann kommen Kartoffelchips, die unterschiedlichsten Sorten. Ich bekomme Lust auf Chips, traue mich aber nicht, Oma um welche zu bitten.

Ich biege um die Ecke und bleibe stehen. An der Gefriertruhe ein paar Meter vor mir sehe ich den Jungen von gestern. Mein Herz bleibt stehen. Dann schlägt es wieder, schneller jetzt.

Der Junge steht neben einem Mann, der sich mit dem

ganzen Körper über tiefgekühltes Gemüse beugt. Der Junge sieht sich um, und ich habe Angst, dass er mich entdeckt, daher mache ich einen Schritt zurück und verstecke mich hinter dem Chipsregal.

Dann riskiere ich erneut einen vorsichtigen Blick. Der Mann hat sich wieder aufgerichtet und reicht dem Jungen eine Tüte mit tiefgekühlten Erbsen, die dieser in einen Einkaufskorb legt.

»*Hier* bist du!«

Ich zucke zusammen. Oma steht ganz dicht neben mir, fast sogar über mir. Erfreut, dass sie mich gefunden hat, marschiert sie am Chipsregal vorbei.

»Komm!«, sagt sie, und ich gehorche.

Wir gehen direkt auf den Jungen und den Mann zu, der mit zusammengekniffenen Augen auf seinen Einkaufszettel starrt. Ich traue mich kaum aufzuschauen, aber als wir näher kommen, tue ich es doch. Der Junge schaut zu Boden.

»Hallo, Sayed!«

Ich zucke zusammen und bleibe gleichzeitig stehen. Oma hat den Mann gerade begrüßt.

»Hallo, Wendy«, antwortet er und lächelt Oma kurz an.

»Alles gut?«, fragt Oma.

»Ja, schon«, sagt Sayed höflich und fingert gleichzeitig an dem Einkaufszettel herum.

Oma bleibt stehen, bevor sie mit ungewohnt sanfter Stimme sagt:

»Schön, euch zu sehen.«

Sayed lächelt wieder kurz. Oma dreht sich zu dem Jungen.

»Hallo, Abbas.«

»Hallo«, antwortet der Junge.

Für eine Minisekunde begegnen sich unsere Augen, dann schauen wir beide schnell wieder weg. Ich kann kaum beschreiben, was in der Sekunde in meinem Körper passiert; es ist ein bisschen so, als würden alle Zellen tanzen, aber nicht zusammen, sondern jede für sich, sodass ich plötzlich etwas im Brustkorb spüre, bevor es im Bauch kribbelt oder ich das Gefühl habe, ein Prickeln im Hals wahrzunehmen. Er hat die grünsten Augen, die ich je gesehen habe.

»Das hier ist Nora«, sagt Oma und nickt zu mir herüber.

Ich konzentriere mich auf meine Finger, als würde ich sie zum ersten Mal sehen. Oma fährt fort:

»Meine Enkeltochter, sie wird noch eine Weile hier sein. Vielleicht könntet ihr zwei bei Gelegenheit etwas zusammen unternehmen?«

Es ist so peinlich, dass ich fast ohnmächtig werde und mich an dem Zucker- und Mehlregal neben mir festhalten muss. Oma schaut Abbas direkt in die Augen, er lächelt höflich zurück.

»Mhm, ja. Klar können wir das.«

Ich merke, wie Sayed von mir zu Abbas schaut und wieder zurück.

»Morgen vielleicht?«, schlägt Oma vor.

Weder Abbas noch ich antworten. Ich glaube zu sehen,

dass Sayed Abbas am Rücken knufft, woraufhin dieser sich aufrichtet.

»Ähm, ja. Wir können uns ja vielleicht auf der Wiese treffen?«

»Der im Wald?«, fragt Oma und sieht zu mir herunter. »Weißt du denn, wo die ist?«

Ich fixiere eine Packung Puderzucker und nicke kurz.

»Um elf?«, fragt Oma.

Ich riskiere einen kurzen Blick auf Abbas.

»Ja«, sagt er.

Sayed macht den Mund auf, um etwas zu sagen, wird aber von Oma davon abgehalten:

»Sehr schön! Abgemacht.«

Dann geht sie so abrupt weiter, dass ich für zwei Sekunden allein mit Sayed und Abbas zurückbleibe, bevor ich hinter ihr herrenne. Ich schaue nicht zurück, so doof bin ich nicht, doch ich spüre etwas im Rücken, als würde Abbas mir hinterherblicken. Vielleicht aber auch nicht.

Erst als wir wieder am Auto sind, drehe ich mich um. Das heißt, nachdem wir bezahlt und die Waren in Tüten verstaut haben, nachdem Oma vor dem Laden eine Bekannte begrüßt hat und nachdem wir den ganzen Parkplatz überquert haben.

Dann erst schaue ich zurück.

Abbas steht neben Sayed vor dem Laden. Er hat in jeder Hand eine Tragetüte und schaut zu Boden, während sein Vater telefoniert und mit der freien Hand wild gestikuliert.

»Steig ein«, sagt Oma.

»Was?«, entgegne ich, ohne Abbas aus den Augen zu lassen.

»Wir fahren nach Hause«, fährt Oma fort.

Abbas und Sayed gehen zu einem anderen Wagen am entgegengesetzten Ende vom Parkplatz.

»Ja«, sage ich geistesabwesend.

Als ich auf dem Beifahrersitz in Omas Pick-up Platz nehme, verschwindet Abbas hinter einem Lieferwagen. Fast gleichzeitig lässt Oma den Motor an. Misse erwacht mit einem Miau aus ihren Katzenträumen. Und noch bevor ich Abbas hinter dem Lieferwagen ausmachen kann, fährt Oma vom Parkplatz herunter. Sie biegt in einer scharfen Kurve auf die Straße.

»Woher kennst du den Jungen aus dem Laden?«, frage ich so beiläufig wie möglich.

»Ich kenne seinen Vater schon lange«, antwortet Oma, »seit vielen Jahren.«

»Dann kennst du Abbas auch schon lange?«, wage ich mich vor.

Oma packt das Lenkrad fester.

»Ja. Seit seiner Geburt.«

Sie tritt auf das Gaspedal, und das Auto fährt noch schneller.

»Er ist ein guter Junge«, sagt sie laut, um den Fahrtwind in den offenen Fenstern zu übertönen. »Ich bin sicher, dass ihr viel Spaß miteinander haben werdet.«

Mir wird ganz warm im Gesicht, und ich will das Thema wechseln.

Ich betrachte Oma, ihre grauen Haare flattern im Wind.

»Seit wann hast du graue Haare?«, frage ich.

»Schon lange«, antwortet Oma.

»Aber davor waren sie rot«, sage ich.

»Das stimmt«, antwortet Oma. »Feuerrot.«

»Feuerrot, genau wie meine. Aber ansonsten sind wir ganz verschieden.«

Die Felder fliegen vorbei und verschmelzen zu einem einzigen. Ich frage mich, was ich mit der vielen Zeit anstellen soll, die zwischen jetzt und morgen elf Uhr liegt. Ob sie wohl so schnell vergeht wie die Zeit zwischen Mamas Entscheidung, mich hierherzuschicken, und jetzt oder so langsam, wie wenn die Mathestunde einfach nicht enden will oder Heiligabend auf sich warten lässt.

5

Um halb elf gehe ich von Omas Grundstück los in Richtung Wiese. In der Zwischenzeit habe ich dauernd darüber nachgedacht, dass Oma das Treffen zwischen Abbas und mir vorgeschlagen hat, nicht Abbas oder ich. Ich hätte mich nie zu fragen getraut, wenn sie es nicht getan hätte. Gleichzeitig habe ich Angst, dass Abbas sich nicht getraut hat, Nein zu sagen und dass er eigentlich keine Lust hat, mich zu treffen.

Als ich bei der Wiese ankomme, ist er nicht da. Das überrascht mich nicht. Er hat bestimmt andere Freunde, mit denen er lieber zusammen ist. Es ist so ähnlich, wie wenn meine Klassenkameraden vorschlagen, dass wir uns auf dem Bolzplatz treffen, und wenn ich hingehe, sind sie nicht da und tauchen auch nicht auf.

Auf Abbas kann ich ewig warten. Auch wenn er nicht kommt, kann ich warten.

Ich gehe auf die Wiese, lege mich hin und starre in den grauen Himmel. Ich kann unmöglich erkennen, wo hinter der dicken Wolkendecke die Sonne steckt. Ich habe mich dreimal umgezogen, bevor ich mich für eine gelbe Shorts entschieden habe, eigentlich eine abgeschnittene Jeans, und ein weißes T-Shirt, das Truls mir geschenkt hat, mit dem Foto einer alten Band, die Oasis heißt.

Truls hat mir versprochen, mich mit zu einem Konzert der Band zu nehmen, aber als ich sie gegoogelt habe, stand dort, dass die Band sich getrennt hat. Davon habe ich Truls nichts gesagt, für den Fall, dass er es nicht weiß. Ich will nicht die Überbringerin der schlechten Nachricht sein. Jedes Mal, wenn er das Konzert erwähnt, tue ich so, als würde ich mich darauf freuen.

»O-a-sis.«

Ich zucke zusammen und setze mich gleichzeitig auf.

Da steht er. Er ist gekommen.

»Oasis«, wiederholt Abbas.

Mein Herz pocht wie wild. Abbas lächelt. Er kommt näher. Ich stehe auf. Er streckt den Arm aus und zeigt mir, was er in seinen Händen versteckt hat. Süßigkeiten, zwei kleine Tüten. Ich nehme mir eine davon.

»Das heißt Paradies«, sagt er.

Ich schaue ihn verwundert an.

»Oasis«, sagt er zum dritten Mal.

Ich schlucke, bringe kein Wort heraus.

»Das heißt, vielleicht bedeutet es nicht unbedingt Paradies, sondern meint einen Ort, an dem alles gut ist, in einer Umgebung, in der nichts gut ist. Zum Beispiel einen Ort in der Wüste, wo es Wasser gibt, verstehst du?«

Diesmal schaffe ich es zu nicken, damit er sieht, dass

ich verstehe, was er sagt, auch wenn ich die Fähigkeit zu sprechen verloren habe.

Abbas lächelt mir zu, und mir fällt auf, was für große Zähne er hat. Vielleicht die größten für einen Jungen in seinem Alter, und zwischen den Schneidezähnen ist eine kleine Lücke. Außerdem hat er Grübchen, was ich total klasse finde und was ich mir selbst immer gewünscht habe, auch wenn sie zwischen den ganzen Sommersprossen womöglich nicht zu sehen wären. Abbas hat keine Sommersprossen. Auch wenn ich meine eigenen Sommersprossen nicht mag, würde ich Abbas' Sommersprossen mögen, wenn er welche hätte.

Er macht seine Süßigkeitentüte auf.

»Ich habe meinen kleinen Bruder überredet, mir seine zu geben«, sagt er.

Er lacht und steckt sich ein Lakritz in den Mund.

Ich auch. Kaue lautlos darauf herum.

»Mein Bruder ist ein bisschen dumm«, erklärt er.

Sofort denke ich, dass Abbas auch mich für etwas dumm halten muss.

»Ich habe auch einen kleinen Bruder«, sage ich und bin selbst überrascht.

Ich kann reden!

»Ich … habe … auch einen kleinen Bruder«, wiederhole ich noch einmal.

»Cool«, sagt Abbas.

Und dann sage ich das, was ich eigentlich zuerst sagen wollte:

»Es ist eine Band.«

Abbas sieht mich an.

»Oasis« erkläre ich, »ist eine Band. Oder war. Heute sind sie keine Band mehr.«

Vielleicht hätte ich besser nichts gesagt.

»Hm«, sagt er, »interessant.«

In meiner rechten Hand spüre ich ein Zucken, gleichzeitig merke ich, wie mir heiß wird. Wobei, mir wird nicht im ganzen Körper heiß, sondern nur im Gesicht, und ich habe Angst zu erröten.

Ich schaue zu Boden und esse weiter, um nicht reden zu müssen. Obwohl ich es geschafft habe, mehrere Wörter von mir zu geben, heißt das nicht, dass noch welche nachkommen. Auch Abbas sagt nichts. Wir futtern Süßigkeiten, bis nichts mehr da ist. Abbas pflückt einen Löwenzahn und schnipst mit dem Daumen die Blüte ab. Sie schießt einen halben Meter in die Luft, bevor sie ihrem Tod entgegenschwebt.

Ich halte Abbas die leere Tüte hin und bereue es in derselben Sekunde. Ich sollte sie in meine eigene Tasche stecken. Jetzt sieht es so aus, als würde ich annehmen, dass er Tüten sammelt und zu Hause nicht genug davon hat, oder als ob ich keine Lust habe, sie selbst zu entsorgen. Aber er nimmt sie mir ab, bevor ich die Hand zurückziehen kann.

»Danke«, murmele ich und spüre, wie ich überall rot werde.

»Bitte«, sagt Abbas fast feierlich.

»Ich muss los«, sage ich.

Ich muss keineswegs los, das behaupte ich nur.

»Oh«, sagt Abbas, »verstehe.«

Ich mache zwei Schritte rückwärts, dann bleibe ich stehen.

»Ich meine ... ich muss in den Wald gehen«, sage ich.

»Du musst in den Wald gehen?«, fragt Abbas.

Jetzt wird's schwierig.

»Ja, also ... das heißt ... willst du mitkommen, in den Wald?«

»Ja, okay«, antwortet Abbas.

Er lächelt, als er an mir vorbeiläuft, Richtung Wald. Abbas geht voran, obwohl *ich* ihn eingeladen habe, mitzukommen. Eigentlich ist es eher sein Wald als meiner, wenn ich so drüber nachdenke. Ich frage mich, ob er in der Nähe wohnt, traue mich aber nicht, die Frage zu stellen.

»Wo wohnst du?«, fragt Abbas, als könnte er meine Gedanken lesen.

»Bei Oma«, antworte ich.

»Und wenn du nicht bei deiner Oma wohnst?«

»Ach so«, sage ich, »dann wohne ich in einer Wohnung in der Stadt. Im dritten Stock.«

»Cool«, sagt Abbas.

Er läuft zwei Schritte vor mir und dreht sich jedes Mal um, wenn er etwas sagt.

»Wo ... wo wohnst du?«, frage ich schließlich.

»Auf der anderen Seite der Wiese«, antwortet Abbas.

»Das heißt, auf der anderen Seite der Bäume auf der anderen Seite der Wiese.«

»Cool.«

Dann ist es lange Zeit still, was ziemlich unangenehm ist, und ich erröte bestimmt noch mehr, aber zum Glück läuft Abbas vor mir, sodass er es nicht sieht, es sei denn, er hat Augen im Nacken. In diesem Nacken, den ich anstarre auf der Suche nach etwas, was ich sagen könnte.

»Magst du …«, setze ich an, habe aber keine Ahnung, wie der Satz weitergeht.

Abbas dreht sich um.

»Hm?«

»Ähm … ich meine … ich wollte nur wissen … was du magst?«

Abbas runzelt die Stirn.

»Was ich mag? So generell?«

Ich nicke, vielleicht etwas zu eifrig.

»Hmmm … Fußball, zum Beispiel …«

Ich habe keine Ahnung von Fußball und versuche, auf den Namen irgendeines Spielers zu kommen, während Abbas weiterspricht:

»Und … dann mag ich Afghanistan.«

Für einen kurzen Moment kommt mir Omas alter Zeitungsartikel in den Kopf.

»Afghanistan?«

»Ja. Dort kommt mein Vater her. Und meine Mutter.«

Ich denke an das Foto von Männern mit Maschinengewehren.

»Ich bin hier geboren«, redet Abbas weiter, »darum komme ich quasi aus beiden Ländern.«

»Ah. Okay.«

»Was magst du?«

»Hä? Hm …«

Ich weiß nicht, was ich antworten soll. Ich mag ganz verschiedene Dinge, zum Beispiel Hundevideos im Internet und Kochsendungen im Fernsehen, aber beides kommt mir albern vor im Verhältnis zu Fußball, was ein echtes Hobby ist, und zu Afghanistan, einem ganzen Land.

»Ähm …«, wiederhole ich, aber anstatt zu antworten, frage ich: »Bist du da gewesen? In Afghanistan?«

Abbas schüttelt den Kopf.

»Ich glaube, meine Oma war da«, sage ich.

»Ich weiß«, sagt Abbas, »von daher kennt sie meinen Vater.«

»Ja …«

»Auch wenn sie nicht darüber sprechen.«

»Dass sie sich kennen?«

»Über Afghanistan.«

»Ja, aber meine Oma ist ziemlich komisch«, sage ich. »Sie interessiert sich nur für Nachrichten und ihre Katze und trinkt das ganze Jahr über kochend heißen Kaffee und mischt sich ständig in die Angelegenheiten anderer Leute ein und ist sehr direkt. Aber mir hat sie erzählt, dass sie deinen Vater schon lange kennt, und dich, seit du auf der Welt bist.«

Ich überrasche mich selbst. Das waren richtig viele Worte.

»Wirklich?«, fragt Abbas.

»Ja.«

»Also … ja, das stimmt. Glaube ich. Ich weiß jedenfalls,

dass sie früher oft bei uns zu Hause war, aber das ist viele Jahre her, und plötzlich kam sie seltener, kam nicht mehr zum Abendessen und ging nicht mehr mit Papa angeln und grüßte uns nur hin und wieder im Laden.«

Was Abbas erzählt, wundert mich nicht. Typisch Oma, nicht mehr zu Abendessenseinladungen zu gehen oder sich plötzlich mehr für etwas anderes als ihre Familie zu interessieren. Oder für Abbas.

»Ja, so ist sie«, sage ich.

»Hier in der Gegend gibt es viele komische Menschen«, fügt Abbas hinzu, »zum Beispiel meine Lehrerin, die steckt sich bei Vollmond Kristalle in die Haare, aus Angst vor irgendwelchen Strahlen.«

»Haha«, lache ich. »In meinem Haus in der Stadt wohnt eine Frau, die ihre Socken zum Trocknen aufhängt, bevor sie sie wäscht.«

»Echt?«

»Ja! Das riechen wir bis in unsere Küche.«

Abbas lacht mit allen Zähnen. Und plötzlich reden wir über alle Sonderlinge, die wir kennen, bevor wir über Lieblingsgerichte sprechen, über ein Buch, das wir beide gelesen haben, und verschiedene Sorten Softdrinks, und nicht ein einziges Mal suche ich nach Worten oder fühle mich dumm, denn mit Abbas zu reden ist plötzlich das Natürlichste und Einfachste der Welt. Wir unterhalten uns stundenlang, bis Abbas sagt, dass er nach Hause muss, weil er versprochen hat, mit seinem kleinen Bruder im Garten ein Zelt aufzubauen, und um ein Haar hätte ich gefragt, ob ich ihnen helfen soll, aber ich kann mich in letzter Sekunde noch beherrschen.

»Morgen zur gleichen Zeit? Auf der Wiese?«, fragt Abbas, als würden wir uns seit Jahren kennen.

»Ja!«

»Wobei«, sagt er, »wir können uns auch beim Kiosk treffen, dann kaufen wir mehr Süßigkeiten.«

»Ja!«

Abbas lacht, vielleicht ja über mich, dann dreht er sich um und geht in die Richtung davon, aus der wir gekommen sind. Nach ein paar Schritten blickt er zurück, und ich zucke zusammen, ich hatte nämlich nicht vorgehabt, stehen zu bleiben und ihm hinterherzustarren. Er lacht, bevor er sich wieder umdreht, und sogleich drehe auch ich mich um und gehe in die Richtung, von der ich glaube, dass sie mich zu Omas Haus führt.

Ziemlich bald drückt sich etwas Weiches an meine Beine, und ich entdecke Misse. Sie miaut mich an, bevor sie weiterhuscht. Ich schaue ihr hinterher und kann zwischen den Bäumen die Umrisse von Omas Haus erkennen. Ich fühle mich so leicht und fröhlich, dass ich auf den Hof hüpfe.

»Nora!«, ruft Oma, als sie mich entdeckt. »Essen.«

Brav gehe ich zum Tisch, der für zwei gedeckt ist. Eine Schüssel mit Kartoffeln und eine Platte mit Koteletts stehen bereit. Dazu hat sie noch eine grüne Soße gemacht und einen Salat mit orangefarbenen Blüten. Ich habe einen Bärenhunger.

»Das sieht lecker aus«, sage ich.

»Danke«, antwortet Oma, »nimm dir.«

Das lasse ich mir nicht zweimal sagen. Wir essen schweigend, wie üblich. Mama würde mir hundert Fragen stellen. Sie will immer alles bis ins kleinste Detail wissen. Wo ich gewesen bin und was ich gemacht habe und mit wem ich zusammen war. Als wäre ich je mit jemandem zusammen. Aber Oma stellt keine Fragen. Was mich gerade jetzt ein bisschen ärgert, wo ich *tatsächlich* etwas zu erzählen hätte.

»Es war nett«, sage ich, »mit Abbas.«

»Wie schön«, sagt Oma.

»Wir haben uns für morgen wieder verabredet, beim Kiosk.«

Oma lächelt, sagt aber nicht mehr. Keine Folgefragen.

»Du warst in Afghanistan«, sage ich.

»Das stimmt. Viele Male.«

Ich ziehe eine orangefarbene Blüte aus dem Salat auf meinem Teller und stecke sie in den Mund. Sie schmeckt nach nichts. Oder der Salzgeschmack des Koteletts ist stärker.

»Dort herrscht Krieg«, sagt Oma.

Ich schlucke.

»Vielmehr herrschte.«

Ich weiß, dass in Afghanistan irgendein Krieg herrscht, ich … rede nur nicht gern über so was. Kriege und Panzer und Bomben und alles, was dazugehört. Das macht mich nur traurig oder nervös. Ich will mehr über Afghanistan wissen, aber es muss doch noch andere Themen geben als Krieg? Vielleicht auch nicht, denn Oma redet weiter:

»Dort herrscht schon lange Krieg … eine komplizierte Geschichte.«

Ihr Ton ist unverändert. Das ist mir schon aufgefallen, noch ein Unterschied zu Mama. Mama geht im Ton hoch und runter, redet laut oder leise, je nachdem, ob sie über etwas Trauriges oder Interessantes oder Lustiges spricht. Oma sagt fast alles im gleichen Tonfall. Nur ein Mal habe ich gehört, wie ihre Stimme sanfter wurde, als sie im Laden zu Sayed »Schön, euch zu sehen« gesagt hat.

»Darum sind Abbas' Eltern hierhergekommen«, sagt Oma, »wegen des Kriegs.«

Ich stochere im Essen.

»Das heißt … sie waren jedenfalls nicht aufseiten der Taliban, und dann kann es gefährlich sein zu bleiben – man kann Ärger kriegen.«

Ich nicke, als würde ich sie verstehen. Aber Oma kapiert, dass sie etwas ausholen muss:

»Die Taliban sind eine Organisation. Sie wollen einen extrem strengen islamischen Staat aufbauen, sie wollen in Afghanistan regieren, aber ihre Art zu regieren ist nicht gut. Sie bestrafen normale Leute für die geringste Kleinigkeit, und die Strafen sind brutal …«

Mich gruselt es. Es war dumm von mir, das Thema Afghanistan aufzubringen. Das werde ich nicht noch mal machen.

»Danke für das leckere Essen.«

Ich stehe abrupt auf mit dem Teller in der Hand. Oma blinzelt in meine Richtung.

»Bitte schön«, murmelt sie.

Ich gehe in mein Zimmer und lasse mich aufs Bett plumpsen. Ich frage mich, ob Abbas an den Krieg denkt. Er ist noch nie in Afghanistan gewesen, und Sayed redet nicht darüber. Aber Abbas weiß garantiert, dass dort Krieg herrscht. Ich starre an die Decke, in die Ecke, wo sich sein Gesicht befindet. Es kommt mir vor, als würde er über alle Geschichten zu Afghanistan wachen.

Es ist komisch, gleichzeitig an Abbas und an Krieg zu denken. Die Gefühle gehören nicht zusammen. Ich will nur an Abbas denken, nicht an Krieg.

6

Am nächsten Morgen bleibe ich nach dem Aufwachen liegen und starre auf das Regal mit den Ordnern. Unzählige Geschichten, alle von Oma geschrieben. Ein ganzes Leben.

Mir kommt plötzlich ein Gedanke: Wo war Mama, als Oma dieses Leben geführt hat?

War sie auf allen Reisen dabei? Ich bin mir ziemlich sicher, dass Mama es erwähnt hätte, wenn sie in ihrer Kindheit mit Oma in verschiedene Kriegsgebiete gereist wäre. Aber wenn ich so darüber nachdenke, hat Mama von ihrer Kindheit und von Oma eher wenig erzählt. Ich weiß nicht einmal, wo sie gewohnt haben, ich glaube, in der Stadt und nicht hier auf dem Land. Das hätte ich gewusst. Obwohl ich vieles nicht weiß.

Ich schnappe mir mein Handy. Der Chat mit Mama ist ganz oben. Nach ihrer ersten Nachricht hat sie noch drei weitere geschickt. Kurze Infos, was sie so machen, die alle damit enden, dass sie mich vermisst und mich lieb hat. Ich habe sie auch lieb, auch wenn ich immer noch sauer bin. Und ich vermisse sie, sehr sogar, aber das schreibe ich nicht.

Nach dem Frühstück steigen wir ins Auto. Misse, Oma und ich. Die Felder sausen an uns vorbei.

»Wo war Mama eigentlich?«

Oma nimmt den Blick nicht von der Straße.

»Als du in Afghanistan und an all den anderen Orten warst? Wo war Mama?«

»Sie war daheim«, antwortet Oma und runzelt kaum erkennbar die Stirn.

»Bei Opa?«, frage ich.

»Zum Teil«, antwortet Oma. »Aber auch viel bei einer Nachbarin.«

»Allein?«, hake ich nach.

»Bei der Nachbarin«, wiederholt Oma, »aber ja, allein.«

»Warum warst du so viel in Afghanistan und den anderen Ländern, in denen Krieg herrscht?«

»Hm ... weil«, legt Oma los, »für mich ... war ...«

Sie wägt ihre Worte ab.

»Es war wichtig«, sagt sie, »*ist* wichtig. Den Mund aufzumachen, darauf hinzuweisen, zu tun, was man kann, damit Unrecht ans Licht kommt. Die Wahrheit suchen und helfen, wo man kann. Auch wenn dich der Krieg nicht selbst betrifft, vielleicht gerade dann. Ich konnte nicht schweigen.«

»Obwohl du zu Hause ein Kind hattest?«, frage ich.

»Ja«, antwortet Oma, fast ohne nachzudenken.

Ich kann gerade noch denken, dass ich Oma darin nicht zustimme, da biegen wir schon auf den Parkplatz, und ich entdecke Abbas. Er sitzt zwischen den Autos auf einer Bank. Als er Omas Pick-up entdeckt, steht er auf und winkt. Bevor Oma den Motor ausgemacht hat, habe ich schon die Autotür aufgerissen und springe hinaus. Am liebsten würde ich so schnell ich kann zu Abbas rennen, kann meine Beine aber doch zu ihrem üblichen Tempo zwingen.

»Hi«, sage ich, als ich nur noch wenige Meter von ihm weg bin.

Abbas lächelt. Obwohl es heute sehr heiß ist, jagt mir ein Schauer durch den Körper.

»Der Kiosk hat zu«, sagt Abbas und zeigt hinter sich.

Ich schaue zu dem Gebäude, auf das er zeigt. Es brennt kein Licht, und an der Tür hängt ein Zettel.

»Er macht wohl Sommerferien.«

Abbas zuckt mit den Schultern. Ich schaue mich um.

»Wie wär's mit dem Laden dort?« Ich nicke zu einem Café ein Stück weg. »Vielleicht haben sie da Süßigkeiten.«

Abbas zögert.

»Ich glaube nicht.«

»Wir können ja mal schauen?«, sage ich und laufe los.

Abbas läuft hinter mir her. Plötzlich kommt es mir enorm wichtig vor, dass wir Süßigkeiten auftreiben, sonst ist der Tag gelaufen. Ich habe Angst, dass Abbas nicht mit mir zusammen sein will, wenn wir keine Süßigkeiten finden, und je näher wir dem Café kommen, desto mehr habe ich Angst, dass sie dort nichts haben. Von außen kann man unmöglich erkennen, ob sie auch nur ein einziges Bonbon verkaufen. An der Tür und in den Fenstern hängen Reklameplakate für Pferdewetten und Lotto, aber kein Eis- oder Süßigkeitenschild.

Ich bleibe vor der Glastür stehen. Wir könnten ja auch einfach in den Lebensmittelladen gehen? Das will ich gerade vorschlagen, als Abbas schon die Tür aufmacht.

Über uns bimmelt ein Glöckchen, und es bimmelt noch weiter, nachdem die Tür schon wieder zugefallen ist. Hier drinnen ist die Welt eine andere als draußen in der Sonne. Es ist dunkel und staubig. Aber das Café ist groß. Viel größer, als man es in einem kleinen Ort wie diesem erwarten würde.

Dann fällt mein Blick auf die Frau an der Kasse. Sie schaut von ihrem Handy auf.

»Hallo«, sage ich leise.

Abbas sagt nichts. Auch die Frau nicht. Sie hat kurze graue Haare und viele Falten kreuz und quer über dem Gesicht. Ihre Augen wirken freundlich. Sie sind zumindest ziemlich rund. Sie schaut wieder auf ihr Handydisplay, aber als wir an ihr vorbeigehen, blickt sie auf und starrt Abbas hinterher. Wir gehen weiter in das Café hinein.

»Süßigkeiten«, sagt Abbas so leise, dass ich es fast nicht höre.

Sein Blick zeigt auf ein Regal voller Boxen mit Süßigkeiten ganz hinten im Raum. Dort nimmt Abbas zwei Tüten und reicht mir eine kleine Schaufel. Es ist ganz still, als wir sie füllen. Der Süßigkeitengeruch vermischt sich mit Abbas' Geruch, sofort riecht alles noch besser.

Ich lächle vor mich hin, bevor ich Abbas anschaue, der konzentriert auf die Auswahl vor uns starrt.

»Hallo!«

Ich fahre herum. Über uns thront die Frau von der Kasse. Jetzt erst sehe ich, wie groß sie ist.

»Du hast doch hoffentlich vor, dafür zu bezahlen?«

Sie nickt zu der Süßigkeitentüte in Abbas' Hand. Er antwortet nicht, legt aber die kleine Schaufel weg.

»Ja«, antworte ich leise.

Die Frau übersieht mich.

»Oder?«, fährt die Frau fort, sie lässt Abbas nicht aus den Augen.

Es ist so, als wäre ich nicht anwesend.

»Ja«, sagt Abbas.

»Gut so«, sagt die Frau und bleibt stehen.

Ich strecke den Arm mit der Schaufel aus und lege die Schokostückchen, die ich mir gerade genommen hatte, wieder zurück.

»Nein, nicht du, Schätzchen«, sagt die Frau und sieht mich plötzlich direkt an. »Aber auf solche wie ihn muss ich ein Auge haben, verstehst du?«

Ich sage nichts, weil ich keine Ahung habe, was ich sagen soll. Oder tun.

Die Dame wedelt mit der Hand Richtung Theke, und Abbas geht mit gesenktem Kopf hinter ihr her. Ich folge ihnen, Abbas und ich bezahlen schweigend. Die Frau summt vor sich hin. Als wir schließlich gehen, ruft sie Abbas hinterher:

»Grüß mir deinen Vater!«

Abbas dreht sich nicht um und antwortet auch nicht, sondern drückt die Glastür auf und tritt hinaus in den warmen Sommertag. Und plötzlich scheint alles wieder gut zu sein. Die Dunkelheit im Café war beklemmend, was ich aber erst jetzt merke, wo ich wieder an der frischen Luft bin. Ich hoffe, Abbas empfindet es genauso. Sein Gesicht ist noch genauso ausdruckslos wie im Café. Aber mit jedem Schritt werden seine Züge weicher. Als wir einen sicheren Abstand zum Café erreicht haben, dreht Abbas sich lächelnd um:

»Zumindest haben wir jetzt Süßigkeiten …«

Ich warte darauf, dass er noch etwas zu dem Vorfall sagt, aber als das nicht passiert, sage ich auch nichts.

Wir setzen uns auf die Bank, und Abbas steckt sich einen kompletten Schokofrosch in den Mund, dann fragt er, ob ich Fußball oder Handball lieber mag.

»Fußball«, sage ich, obwohl ich beides nicht mag.

Abbas redet jetzt munter über Fußball, aber ich höre nicht zu, denn seine grünen Augen leuchten in der Sonne.

Es scheint noch früh zu sein, das Licht ist anders als sonst. Die Uhr auf meinem Handy zeigt 05:40, aber ich bin hellwach. Ich kann mich nicht erinnern, etwas geträumt zu haben, trotzdem kommt es mir vor, als würden mir Bilder von einem Krieg in einem fernen Land im Kopf herumschwirren.

Bis zum Frühstück ist es noch eine Weile hin und noch länger, bis ich Abbas auf der Wiese treffen soll. Ich versuche, mir mit Hundevideos auf dem Handy die Zeit zu vertreiben, aber auch das wird irgendwann langweilig. Dann drehe ich mich im Bett zu den Ordnern voller Zeitungsartikel. Ich will mehr wissen, gleichzeitig aber auch nicht, weil ich fürchte, dass sie nur von Krieg und Elend handeln.

Aber was, wenn auch etwas Schönes darin steht? Ich denke noch eine Viertelstunde darüber nach, bevor ich die Decke zurückschlage und über den kalten Fußboden tripple.

Auf manchen Ordnern stehen Jahreszahlen, auf anderen

Orte. Ganz hinten im Regal sehe ich mehrere Boxen. Auf einigen steht »*Afghanistan*«. Ich ziehe eine heraus. Sie ist voll mit Fotos von Wüstenlandschaften, Panzern und Soldaten und mit Bildern von einer Stadt in Ruinen, völlig zerbombt. Aber es gibt auch Fotos von niedlichen Ziegen auf einem kleinen Felsen, und ganz unten in der Box finde ich ein Foto von vier Frauen, die nebeneinander unter einem prächtigen Baum sitzen. Sie tragen lange Kleider mit langen Ärmeln und haben einen Schal um den Kopf geschlungen. Sie lächeln in die Kamera, von der ich annehme, dass Oma sie hält.

Ich schiebe die Box zurück an ihren Platz und ziehe eine andere heraus. Auf dem Deckel steht »*privat*«. Ich zögere kurz, bevor ich die Box aufmache. Sie ist voller Zeitungsartikel, ausgerissene Seiten, die in einem Stapel aufeinanderliegen. Ich nehme ein paar heraus. Der erste Artikel trägt die Überschrift »*Kriegsreporterin Wendy Andersson erhält in London Ehrenpreis für ihr Lebenswerk*«. Unter dem Text das Foto einer glückstrahlenden Oma, gekleidet in etwas, das sie vermutlich für ein schickes Kleid hielt.

Ich packe den Stapel und gehe damit zurück zum Bett, mache es mir mit den Kissen im Rücken bequem und decke mich zu. Fast so, als wollte ich mich mit einem guten Buch zurückziehen.

Ich lege den Artikel über den Ehrenpreis zur Seite. Auch der nächste Artikel enthält ein Foto von Oma zusammen mit vier anderen Personen, die ebenfalls wie Journalisten aussehen. Zwei von ihnen halten ein Mikrofon in der Hand, und fast alle sind so gekleidet wie Oma, mit Westen und Hosen mit Taschen und coolen Schuhen. Über dem Foto steht »*Ressortübergreifende Zusammenarbeit zwischen Journalisten im Kongo*«. Das klingt unglaublich langweilig, darum lege ich den Artikel weg.

Der nächste ist von 2017. Das ist noch gar nicht so lange her. Über dem Artikel sieht man ein Foto von einem Markt mit vielen zerstörten Ständen, die Waren liegen überall verstreut. Auf dem Foto sind keine Menschen zu sehen. In der Überschrift heißt es:

»*Norwegerin bei Bombenangriff in Afghanistan getötet*«.

Ich fange an zu lesen:

»*Die Dolmetscherin war im Auftrag der erfahrenen norwegischen Journalistin Wendy Andersson unterwegs. Sie befand sich auf dem Markt, als die Bombe explodierte, und soll auf der Stelle tot gewesen sein. Andersson selbst war bei dem Anschlag nicht zugegen und bittet um etwas Zeit, bevor sie sich dazu äußert ...*«

Ich lege den Artikel zur Seite. Eine kleine Notiz sticht mir ins Auge: »*Wendy Andersson wechselt von NRK zu CNN.*« Ich fange an zu lesen; es geht darum, dass Oma einen Job in den USA angeboten bekommen hat, worüber sich alle zu freuen scheinen. Aber ich kriege nicht so richtig mit, was ich lese, ich bin in Gedanken immer noch bei der Dolmetscherin.

Man geht zum Markt, vielleicht, um Apfelsinen zu kaufen, und kommt dann einfach nicht mehr nach Hause. Der Gedanke ist so gruselig, dass mir davon fast schlecht wird. Und wo war Oma? Zufällig im Hotel? Warum wollte sie keine Apfelsinen haben? Oder Äpfel? Ich würde gerne wissen, ob Oma auch schlecht geworden ist. Vom Krieg oder vom schlechten Gewissen.

Aber ich werde sie nicht danach fragen. Das zieht nur weitere Fragen und Anworten zu einem Krieg nach sich, über den ich nicht mehr wissen will. Ich stelle die Box zurück zu den anderen und nehme mir vor, keine der Boxen je wieder anzurühren. Schluss mit Gesprächen über Krieg, und da in Afghanistan Krieg herscht, redet man am besten auch nicht über Afghanistan.

Ein paar Stunden später mache ich mich auf den Weg zur Wiese, ich bin vor Abbas da, aber nicht viel. Bald taucht er am Waldrand auf der anderen Seite auf. In mir bizzelt es wie Knisterbrause auf der Zunge, nur dass es im Bauch passiert.

»Hallo«, sagt Abbas.

»Hallo«, sage ich.

Abbas zeigt beim Lächeln alle Zähne. Ich hoffe, dass er mir nicht ansehen kann, wie es in meinem Körper bizzelt oder dass ich gerade etwas über den Krieg in Afghanistan gelesen habe.

Ich muss ein anderes Gesprächsthema finden, schnell, aber Abbas kommt mir zuvor:

»Bist du zum ersten Mal hier?«, fragt er.

Ich schaue ihn etwas verwundert an. Er lächelt.

»Bei deiner Oma? Ich habe dich bisher noch nicht hier gesehen.«

»Ach so ... nein. Das heißt ... eigentlich schon. Ich war ein paarmal zum Mittagessen hier. Eigentlich bin ich im Sommer immer in der Stadt ... mit Mama, meinem kleinen Bruder und Truls.«

»Truls?«

»Meinem Stiefvater.«

Wir steuern auf den Wald zu, weg von Omas Grundstück. Abbas voran, ich ein paar Schritte dahinter. Seine Haare gehen bis über die Ohren, aber nicht bis zum T-Shirt-Kragen.

»Wo ist dein Vater?«, fragt Abbas.

»Hm? Tja. Der wohnt in Spanien. In den Bergen. Wir sprechen eigentlich nicht oft miteinander.«

Abbas dreht sich zu mir um, sieht mich mit komischem Blick an.

»Alles gut«, versichere ich ihm, »das ist schon ganz lange so. Ich habe ja Truls.«

»Okay, das ist gut.«

Er läuft weiter. Unter den Bäumen ist es kühler.

Schon komisch, dass ich Abbas zweimal gesehen habe und wir ganz viel geredet haben, aber wenn wir uns wiedersehen, wollen mir die richtigen Worte nicht in den Kopf kommen, zumindest am Anfang. Ich muss richtig scharf nachdenken, bis mir etwas einfällt, was ich sagen oder fragen könnte.

»Wie ...«, lege ich los.

Bevor ich die Frage zu Ende gesprochen habe, dreht Abbas sich um.

»... heißt deine Mutter?«

Es fühlt sich an wie eine ganz normale Frage, nicht gut und nicht schlecht.

Abbas dreht sich wieder zurück und läuft weiter.

»Meine Mutter ist tot.«

»Hä?«

Das rutscht mir einfach so heraus, aber man sagt doch nicht »hä«, wenn jemand von toten Eltern erzählt. Ich bleibe stehen.

»Herzstillstand«, sagt er.

»Hä?«, wiederhole ich noch einmal und renne hinter ihm her.

»Ihr Herz ist stehen geblieben«, wiederholt Abbas, ohne sich umzudrehen.

»Oh«, antworte ich, als wäre ich etwas minderbemittelt. Etwas anderes als »Oh« bringe ich nicht heraus.

Abbas ist der Erste, den ich kenne, mit einer toten Mutter.

»Beileid«, sage ich.

»Was?«, fragt Abbas zurück.

»Mein Beileid«, sage ich.

»Danke«, sagt Abbas, »alles gut. Es ist lange her …«

»Okay«, antworte ich, »gut.«

Gut?

Hier läuft was gewaltig schief.

Ich überlege wegzurennen, zurück zu Oma, oder besser noch: zurück in die Stadt. Aber plötzlich lacht Abbas.

»Du bist schon komisch«, sagt er.

»Okay«, sage ich, »ich wollte nicht … manchmal weiß ich einfach nicht, was ich sagen soll.«

»Ist schon gut.«

Ich starre auf den Boden, wo die Ameisen in dieselbe Richtung unterwegs sind wie wir. Plötzlich stoße ich mit Abbas zusammen.

»Hoppla!«, sage ich erschrocken.

»Sieh mal!«, sagt Abbas.

Direkt vor uns steht eine Hütte.

»Von der wusste ich gar nichts«, sagt er.

Die Hütte ist nicht sehr groß. Sie hat vielleicht die Größe von Omas weißem Haus, und ich tippe mal, dass sie auch nur zwei Zimmer hat. Die Farbe ist verblichen, sieht aber aus, als wäre sie einmal grün gewesen. Die Vorhänge sind zugezogen.

»Wollen wir näher rangehen?«, flüstert Abbas.

»Ja.«

Wir schleichen uns möglichst lautlos heran. Ich schaue kurz nach unten und stelle fest, dass auch die Ameisen auf die Hütte zusteuern. An der etwas altersschwachen Eingangstür angekommen, dreht Abbas sich zu mir um, und ich nicke ihm zu.

Abbas klopft an die Tür, aber niemand macht auf. Dann legt er die Hand auf die Türklinke und drückt sie herunter. Die Tür bewegt sich keinen Millimeter.

»Mist«, sagt Abbas, »abgeschlossen.«

Er setzt sich auf die Steintreppe, und ich setze mich neben ihn. Der Abstand zwischen unseren Oberarmen beträgt maximal zwei Zentimeter, was meine Schulter regelrecht elektrisch auflädt. Ich schaue mich auf der Lichtung um: Ein Baumstumpf mit einer Axt steht neben einem Holzstapel, der zur Hälfte von einer Plastikplane bedeckt wird. Zwei sehr schäbige Campingstühle stehen sich gegenüber. Es sieht so aus, als wäre lange niemand mehr hier gewesen und als wären diejenigen, die hier waren, in aller Eile aufgebrochen.

Dann fällt mein Blick auf etwas Metallenes direkt neben mir. Ein schwacher Sonnenstrahl hat sich durch die Blätter über uns gekämpft und trifft das Teil so, dass es mir entgegenblinkt. Jemand hat es unter einen alten Blumentopf geschoben, und ich kann erkennen, dass es ein Schlüssel ist.

»Abbas«, sage ich und knuffe ihn.

Er sieht den Schlüssel.

»Wollen wir?«, frage ich.

Abbas zögert zwei lange Sekunden, bevor er antwortet: »Ja ...«

Ich nehme den Schlüssel und reiche ihn Abbas. Wir richten uns auf, und Abbas steckt den Schlüssel in das rostige Schloss, dreht ihn um. Die Tür knarrt kurz, bevor sie sich öffnet.

Wir kommen in einen kleinen Gang, der in eine größere Stube führt. In einer Ecke, in der von der Arbeitsplatte Zucker heruntergerieselt ist und auf dem Boden ein Häufchen bildet, haben sich Ameisen versammelt. Im Zimmer steht ein kleiner Holzofen. In einem der großen Messingeimer daneben liegen sogar Holzscheite. Vor dem Ofen steht ein abgewetzter Sessel. Unter einem der Fenster ist eine Bank mit mottenzerfressenen Kissen. Auf dem Boden liegen zwei staubige Wollteppiche, und die Platte, von der der Zucker heruntergerieselt ist, gehört zu einer Art Kochnische, in der zwei benutzte Gläser stehen.

Es sieht so aus, als wäre zuletzt vor ziemlich langer Zeit jemand hier gewesen und dann sehr plötzlich aufgebrochen.

»Perfekt«, sage ich. »Eine Hütte nur für uns.«

Es ist nicht leicht, Abbas' Gesicht zu deuten.

»Na ja«, sagt er, »die ... gehört ja aber nicht ... uns.«

»Was willst du damit sagen?«, frage ich.

»Wir können uns doch nicht einfach eine Hütte nehmen?«

»Doch«, antworte ich. »Hier ist ganz lange niemand mehr gewesen.«

Abbas schaut sich um. Als würde er darüber nachdenken.

»Dann können wir sie auch benutzen«, sage ich, »oder sie uns zumindest ausleihen. Wir klauen ja nichts, wir leihen es uns nur.«

Abbas ist skeptisch. Er wirkt fast besorgt, als würden plötzlich Erinnerungen an einen Albtraum wach.

»Ich schwör's«, sage ich. »Es ist okay, anderer Leute Hütten zu leihen.«

Ich weiß nicht, warum ich Abbas unbedingt davon überzeugen will, dass es völlig in Ordnung ist, wenn wir hier sind. Ich habe keine Ahnung, ob es das wirklich ist, es fühlt sich einfach wie etwas ganz Besonderes an. So, als sollten wir hier sein. Jetzt haben wir ein Projekt, haben etwas zu tun, nur wir zwei.

»Ich weiß nicht so richtig …«, sagt Abbas.

»Das nennt man das Jedermannsrecht«, füge ich hinzu.

»Ich glaube nicht, dass das hier unter das Jedermannsrecht fällt, aber …«

»Doch!«

»Es ist einfach nur so, dass es irgendwie …«

Zum ersten Mal wirkt es so, als würde Abbas nach Worten suchen. Oder als würde er welche zurückhalten.
Nach einer Denkpause sagt er:

»Bist du sicher …?«

Ich nicke.

»Okay«, sagt er und nickt ebenfalls.

In mir kribbelt es, auf die angenehme Art. Plötzlich sieht
Abbas ganz verschmitzt aus, bevor er die Arme ausbrei-
tet.

»Willkommen daheim!«

»YES!«, rufe ich.

Begeistert gehe ich auf die Arbeitsplatte zu.

»Auf dem Menü stehen Ameisen und Zucker!«, sage ich.

Abbas lacht und lässt sich auf den Sessel plumpsen.

»Ah, Steinkissen! Topqualität!«

Ich lache. Abbas fängt an, alles in der Hütte zu inspizie-
ren.

»Vorhänge von bester Qualität«, sagt er und befühlt den
Stoff, »direkt aus Paris. Hm.«

Abbas macht eine Tür auf, die zu einem kleinen Schlafzimmer führt. Das einzige Möbelstück darin ist ein un-
gemachtes Bett. Er zieht die Tür wieder hinter sich zu.
Ich nehme ein Holzscheit in die Hand.

»Nein, so was«, sage ich, »sibirisches Feuerholz! Das sieht man nicht alle Tage!«

Abbas stürzt zu der Küchenzeile und zeigt auf die Ameisen, der Reihe nach:

»Marion, Lasse, Abid, Urbanus, Pfifferling, Monica, Per, Omar, Pirripopp ...«

Ich muss so sehr lachen, dass ich rückwärts auf den Sessel falle. Sobald ich Abbas anschaue, fühlt es sich an, als würden die Ameisen vom Boden durch meine Arme und Beine krabbeln. Ich muss mich schütteln, damit mein Körper wieder normal wird.

Als wir anschließend nach draußen gehen, lachen wir immer noch. Ich setze mich auf einen kleinen Hocker.

»Ah. So sitzt es sich auf dem königlichen Thron«, sage ich.

Der Witz fällt gegenüber den anderen ziemlich ab. Plötzlich wird Abbas ernst.

»Bist du dir sicher mit der Hütte?«, fragt er.

»Ja«, sage ich, »zu hundert Prozent. Sie gehört jetzt uns.«

Ich schaue in seine grünen Augen. Er erwidert meinen Blick, hält ihn fest, dann füllt er die Lungen mit Luft.

»AAAAAIIIIII!«, schreit Abbas und wirft den Kopf in den Nacken.

»AAAAOOOOO!«, brülle ich zum Himmel.

Die Unterseite der Baumkronen ist perfekt. Alles ist perfekt.

Jeder Tag beginnt mit frischen Brötchen auf Omas Terrasse. Bei schlechtem Wetter setzen wir uns in die Küche. Oma in ihr iPad oder eine Zeitung vertieft. Ich in eine alte Zeitschrift oder das Handy. Mama hat mehrere Nachrichten geschickt, aber ich antworte nicht. Ich weiß, dass Oma regelmäßig mit ihr spricht. Ich höre sie im Wohnzimmer »Anita« sagen, erst ganz ruhig, bevor sie die Geduld verliert und ihr »Anita« gereizt klingt.

Ich frage mich, ob Mama mich nach Hause holen will, ob sie es bereut, dass sie mich hierhergeschickt hat, ob sie eigentlich will, dass ich sie anrufe und anflehe, abgeholt zu werden, wie wir es abgesprochen hatten für den Fall, dass ich es hier nicht länger aushalte. Gerade gibt es keinen anderen Ort auf der Welt, an dem ich lieber wäre als hier, aber das braucht Mama noch nicht zu wissen.

Jeden Tag gehe ich nach dem Frühstück in den Wald, um Abbas bei der Hütte zu treffen. Schwer zu sagen, wie viele Tage es her ist, dass wir sie entdeckt haben. Auch weiß ich nicht immer, ob Montag oder Dienstag ist oder vielleicht Samstag, die Tage ähneln sich und verschwimmen zu einem einzigen langen, heißen Sommertag.

Aber ich glaube, heute ist Mittwoch. Ich schiele auf die Titelseite von Omas Zeitung, um das Datum zu lesen, und bin ziemlich sicher, dass ich unter dem Zeitungsnamen das Wort *Mittwoch* erkennen kann. Ich schrecke zurück, als Oma die Zeitung plötzlich zuklappt und mich direkt anschaut.

»Du kannst Abbas morgen zum Abendessen mitbringen«, sagt sie.

»Abbas?«, frage ich.

»Zum Abendessen«, sagt Oma.

»Hierher?«

»Ja«, sagt sie. »Es wird Zeit, dass ihr aus dem Wald herauskommt.«

»Okay.«

Sie legt die Zeitung weg und will gerade aufstehen, als sie noch einmal innehält und fragt:

»Was macht ihr dort eigentlich den ganzen Tag?«

»Nichts«, antworte ich schnell. »Wir sind einfach nur im Wald.«

Die Hütte erwähne ich nicht.

»Okay«, sagt sie und steht auf. »Dann kommt Abbas morgen zum Essen.«

Abbas sitzt auf der Treppenstufe vor der Hütte. Er spielt mit ein paar Steinchen und schaut auf, als er mich hört.

»Hi.«

Ich lasse mich neben ihn plumpsen.

»Oma fragt, ob du morgen zum Abendessen kommen willst«, sage ich.

»Echt?«

Abbas schnaubt kurz. Findet er das blöd? Oder denkt er, dass eigentlich ich ihn beim Abendessen dabeihaben will und nur so tue, als käme der Vorschlag von Oma?

»Der Vorschlag kommt von Oma«, stelle ich klar.

»Claro«, sagt Abbas. »Danke. Ich komme gern.«

»Cool.«

Innerlich freue ich mich viel mehr, als ich äußerlich zeige.

»Ich habe ihr nichts von der Hütte verraten«, sage ich. »Ich sage nur, dass wir im Wald sind.«

»Das ist bestimmt auch besser so.«

Es gefällt mir nicht, dass Abbas es nach wie vor nicht okay findet, mit mir hier zu sein. Ich weiß nicht, ob es wirklich okay ist, aber wie schlimm kann es denn sein? Wir sind seit fast zwei Wochen in der Hütte, und bisher ist kein Mensch hier aufgekreuzt, um sie zu benutzen oder uns hinauszuwerfen.

»Goldlöckchen ist ungestraft davongekommen«, sage ich.

»Goldlöckchen?«

»Ja, du weißt doch, das Mädchen, das zum Haus der Bären gegangen ist, von ihrem Brei gegessen, auf ihren Stühlen gesessen und in ihren Betten geschlafen hat. Sie ist ungestraft davongekommen.«

Abbas runzelt die Stirn.

»Als die drei Bären nach Hause kamen, ist sie einfach hinausgerannt und wurde nicht entdeckt.«

»Aber …« Abbas dreht sich zu mir um. »Dann ist sie einfach eingebrochen, hat Essen gestohlen, ohne sich dafür zu entschuldigen, und ist davongerannt?«

»Ja …«

So wie Abbas es sagt, klingt das Märchen lange nicht so putzig, wie ich es in Erinnerung habe.

»Sie war halt einfach neugierig oder todmüde oder so«, versuche ich sie zu verteidigen.

»Bestimmt …«, antwortet Abbas, »es ist nur so, dass …« Er unterbricht sich selbst.

»Ist auch egal«, sagt er. »Gehen wir rein.«

Er nimmt die Treppe mit einem Satz und betritt die Hütte. Ich springe hinterher und mache die Tür zu. Der Himmel hat sich zugezogen, und der Wind zerrt an den Baumkronen, aber hier drinnen ist es warm und gemütlich. Wir haben die Hütte mehr oder weniger zu unser eigenen gemacht: Überall liegen Kleidungsstücke herum, ein Stapel alter Zeitschriften, die ich bei Oma gefunden habe, liegt kreuz und quer übereinander auf dem Fußboden. Wir haben sogar ein Poster mit einem Sonnenuntergang am Strand aufgehängt, und jede Menge Spielkarten liegen auf dem Teppich vor dem Kamin.

Abbas fängt an, die Karten einzusammeln, um sie zu mischen. Als ich mich hinsetze, teilt er Karten aus für Mau-Mau. Wir spielen. Der Gewinner erhält drei Punkte, sie werden in eine Liste eingetragen, die am Ende des

Sommers abgerechnet werden soll; dann erst wissen wir, wer wirklich gewonnen hat. Abbas führt, aber nur knapp.

Wir vergessen völlig die Zeit. Ich werde übermütig und versuche zu beschupsen, aber Abbas merkt es. Anstatt mich zu schämen, bekomme ich einen Lachkrampf. Ich muss mich auf den Teppichboden legen, um Luft zu kriegen.

»Pst!«, macht Abbas plötzlich.

Ich höre auf zu lachen und sehe ihn erschrocken an.

»Was ist?«, sage ich ziemlich laut.

»Pst, Nora!«

Abbas' Augen sind groß und rund. Ich setze mich auf, höre aber nur den Wind heulen.

»Was ist denn los?«, frage ich leiser.

Abbas legt den Finger auf die Lippen, und plötzlich höre ich es auch: das Knacken eines Zweigs, auf den jemand tritt. Es sind Schritte eines Menschen, der vor der Hütte zugange ist.

Die Angst legt sich wie eine Hand um meinen Nacken. Abbas legt noch einmal den Finger auf die Lippen, bevor er vorsichtig zum Fenster krabbelt, das auf die kleine Lichtung hinausgeht. Ich weiß nicht, ob es wirklich schlau ist, aber ich krabbele ihm hinterher.

Als wir direkt unter dem Fenster sind, höre ich jemanden vor sich hin summen, unterbrochen von einem Keuchen, als würde die Person etwas Schweres anheben. Ich folge Abbas, als er sich nach oben schiebt, um durch die Scheibe hinauszuschauen. Das ist riskant, aber ohne es abgesprochen zu haben, scheinen wir uns einig zu sein, dass wir herausfinden müssen, worin die Bedrohung besteht.

Es dauert ein paar Sekunden, bis ich die Person erkenne, die Feuerholz auf eine Schubkarre lädt. Dann fällt mir ein, wo ich sie schon einmal gesehen habe: im Café. Es ist die Frau, die Abbas gefragt hat, ob er auch vorhat zu bezahlen. Ich merke, wie Abbas' Körper sich neben mir versteift.

Wir können nicht am Fenster bleiben und riskieren, dass sie uns sieht, also tauchen wir wieder ab. Ich versuche, Abbas per Mimik zu signalisieren, dass es die Frau aus dem Café ist, aber er starrt nur vor sich hin.

Ich halte die Luft an. Wenn die Frau die Hütte betritt, sind wir geliefert. Dann ist alles vorbei. Ich versuche, durch den Wind hindurch, der immer noch an den Baumkronen zerrt, zu hören, in welche Richtung sich ihre Schritte bewegen, und eine Zeit lang klingt es so, als würde sie nur Holz stapeln.

Plötzlich hält sie inne. Für kurze Zeit ist es ganz still, dann knirschen ihre Schritte wieder auf den Steinchen. Sie hat aufgehört zu summen und zu keuchen. Ich kann hören, wie sich ihre Schritte auf die Hütte zubewegen, auf uns.

Vor der Tür bleibt sie stehen. Sie legt die Hand auf die Türklinke, drückt sie aber nicht nach unten.

»Hm«, murmelt sie, »komisch.«

Dann dreht sie den Schlüssel, der noch im Schloss steckt, um. Sie schließt die Hütte ab, kurz darauf höre ich, wie sie den Schlüssel unter den Blumentopf legt. Und schon fängt die Frau wieder an zu summen. Sie entfernt sich von der Eingangstür, packt die Schubkarre und hebt sie mit einem Stöhnen an. Die Schritte und das Summen bewegen sich in Richtung Wald.

Wir bleiben noch lange, nachdem sie gegangen ist, still sitzen, genauso still wie eben, als die Frau hier war. Abbas redet als Erster:

»Nora?«

Ich nicke vorsichtig.

»Es gibt etwas, das ich dir nicht erzählt habe.«

»Was denn?«, frage ich.

Ich löse mich aus der Erstarrung.

»Das heißt … eigentlich habe ich sogar ein bisschen gelogen«, sagt er.

Ich drehe mich zu ihm um.

»Ich … ähm«, stottert er, »ich habe gelogen, als ich gesagt habe, dass ich diese Hütte nicht kenne. Ich kannte sie. Und ich wusste auch, wem sie gehört.«

»Wirklich?«

»Sie gehört Dorrit. Der Frau aus dem Café, wenn du dich erinnerst.«

Ich nicke.

»Ich dachte, sie wäre im Sommer nie hier, weil es eine Jagdhütte ist und man nur im Herbst zur Jagd geht. Entschuldigung.«

Ich sage nichts. Schließlich war ich es, die Abbas davon überzeugt hat, dass es völlig in Ordnung ist, wenn wir uns hier aufhalten. Aber *er* hat mich hierhergeführt. Damals dachte ich, es sei Zufall, vielleicht war es das gar nicht. Trotzdem fühle ich mich betrogen.

»Sorry, dass ich gelogen habe.«

»Alles gut«, sage ich.

»Vielleicht sollten wir nicht mehr hierherkommen«, sagt Abbas.

Das ist das Letzte, was ich jetzt will.

»Hm«, sage ich. »Goldlöckchen ist doch auch davongekommen.«

Es soll ein Witz sein, aber Abbas lacht nicht. Er starrt auf seine Hände.

»Ich denke, dass es für Goldlöckchen einfacher ist als für mich.«

Ich weiß nicht, was ich sagen soll. Auch Abbas ist einen Moment still, dann sagt er:

»Dorrit ist nicht besonders nett. Du erinnerst dich sicher, wie sie an dem Tag im Café drauf war?«

»Ja«, sage ich, »das war völlig daneben.«

Abbas fingert an einem Splitter im Holzfußboden herum.

»Ich glaube, sie wäre wütender auf mich als auf dich, wenn sie uns hier finden würde«, sagt er.

Obwohl ich ziemlich sicher bin, dass er recht hat, frage ich:

»Meinst du?«

Er nickt. Es ist nicht leicht, das Thema anzusprechen. Auch für Abbas nicht. Darum hat er nach dem Vorfall im Café nur gelächelt und angefangen, über Fußball zu reden. Wenn so unschöne Sachen passieren, redet man am besten über etwas anderes.

Und obwohl ich panische Angst hatte, als Dorrit draußen stand und uns fast entdeckt hätte, denke ich, das Schlimmste, was uns hätte passieren können, ist, angemeckert zu werden. Wir haben eine Hütte benutzt, die uns nicht gehört, wie schlimm kann das sein? Wir haben nichts kaputt gemacht. Wir passen fast sogar ein bisschen auf die Hütte auf und tun Dorrit damit einen Gefallen. Aber ich will auf keinen Fall entdeckt werden.

Ich will gerade sagen, dass ich auch der Meinung bin, dass wir nicht mehr hier sein können, da fällt mir Abbas' verschmitzter Gesichtsausdruck auf.

»Irgendwie gefällt es mir sogar, dass wir hier sind, als eine Art heimliche Rache«, sagt er.

»Wir haben die Burg des Feindes eingenommen«, sage ich.

Endlich lacht Abbas.

»Wir sind Kämpfer für die gerechte Sache«, sage ich, »und niemand kann uns besiegen.«

»Wir gewinnen immer!«, sagt Abbas laut.

»Wir sind unsterblich«, sage ich voller Überzeugung, fast glaube ich selbst daran.

Und plötzlich ist alles wieder wie vorher. Dass Dorrit hier war, ist fast komisch, weil wir aus dem Fenster klettern müssen, um aus der Hütte herauszukommen, nachdem sie von außen verschlossen worden ist. Bis nach unten ist es weiter, als man denkt, und als Abbas mir Hilfestellung geben will und ich loslasse, um zu springen, falle ich stattdessen auf ihn drauf, woraufhin wir beide in einem einzigen Lachkrampf zusammenbrechen.

Wenn Dorrit jetzt zurückkommt und uns sieht, ist es das wert.

9

Ich habe Rhabarber aus dem Gemüsegarten mitgebracht und Zucker in einem alten Marmeladenglas. Wir haben vereinbart, uns auf der Wiese zu treffen, sicherheitshalber, damit wir zusammen nachschauen können, ob die Luft bei der Hütte rein ist.

»Rhabarber!«

Abbas setzt sich neben mich, nimmt sich von dem Rhabarber und verzieht das Gesicht über den sauren Geschmack. Beim nächsten Bissen nimmt er mehr Zucker. Ich selbst verputze meine eigene Stange.

»Jarand sagt, wenn man zu viel Rhabarber isst, schrumpft der Magen.«

»Haha. Wer ist Jarand?«

Abbas hat noch andere Freunde, das weiß ich. Er hat schon von ihnen erzählt. Jarand, Omer und Lucas. Aber zum ersten Mal tue ich nicht so, als würde ich nicht hören, dass er einen von ihnen erwähnt.

»Mein Kumpel«, antwortet Abbas, »das weißt du doch?«

Er mustert mich verwundert.

Ich nicke, während ich etwas zu lange auf meiner Rhabarberstange herumkaue. Obwohl ich inzwischen eigentlich davon ausgehe, jeden Tag mit Abbas zu verbringen, frage ich mich manchmal, warum er nicht mit seinen anderen Freunden zusammen ist.

»Wo ist Jarand?«, frage ich.

»Im Urlaub. Omer und Lucas auch. Fast die gesamten Sommerferien.«

Das erklärt es.

»Wo sind deine Freunde?«

Die Frage lässt mich zusammenzucken. Abbas sieht mich an.

»... wenn du welche hast?«

Ich antworte nicht.

»... hast du keine Freunde?«

Ich ziehe die Schultern hoch. »Ich habe auch keine Feinde.« Ich versuche zu lächeln.

»Entschuldigung«, sagt Abbas. »Ich wollte nicht ...«

»Alles gut. Ich werde zu Geburtstagsfeiern eingeladen. Ich bin nur auch viel allein.«

Abbas denkt nach, bevor er fragt:

»Wirst du gemobbt?«

Ich schüttle den Kopf.

»Nein ... ich ... an mich denkt nur oft keiner.«

»Ich denke an dich. Oft.«

Plötzlich fühlt es sich an, als hätte ich einen Wollschal um, mein Hals wird ganz heiß. Aber Abbas ist nicht verlegen. Zumindest sieht man es ihm nicht an.

»Meine Freunde wären gern auch deine Freunde«, sagt er, »garantiert.«

Ich kann nicht antworten, nicke nur stumm. Dann fängt Abbas plötzlich an, über etwas völlig anderes zu reden, aber ich denke nur an eines: dass Abbas an mich denkt, *oft*. Heißt das, dass es ihn auch elektrisch auflädt, wenn er mich sieht? Ich habe ganz doll Lust, ihn zu berühren, am Oberarm oder an den Haaren. Fast kann ich nicht mehr still sitzen.

»Oder?«, fragt Abbas.

»Was?«

Ich habe kein Wort mitbekommen von dem, was er gesagt hat.

»Ist auch egal«, sagt er und lächelt mir zu.

Er steht auf und wirft den restlichen Rhabarber ins Gras.

»Wo willst du hin?«, frage ich.

»Nach Hause.«

Ich merke, wie etwas in mir nach unten rutscht.

»Aber wir sehen uns ganz bald wieder«, sagt er.

Stimmt ja, das Abendessen!

»Ja«, sage ich, »wir sehen uns ganz bald wieder.«

Eine Stunde später sitze ich mit Misse auf dem Schoß vor dem Haus im Liegestuhl. Die Sonne brennt. Auch wenn Oma gesagt hat, ich soll in den Schatten gehen, bleibe ich sitzen. Ich blättere durch eine alte Zeitschrift und denke dabei an Abbas' Worte. Ob er *oft* an mich denkt? Denkt er genauso oft an mich wie ich an ihn? Ich war noch nie so glücklich darüber, in der Nähe eines anderen zu sein. Vielleicht liegt es daran, dass ich nicht sehr viele Freunde habe. Und deshalb freue ich mich, wenigstens einen zu kennen. Aber der Körper wird ja nicht gleich zu Pudding, nur weil man einen Freund hat? Das wird er doch nur, wenn man *mehr* ist als befreundet oder sich wünscht, mehr als befreundet zu sein? Mit Abbas will ich mehr als befreundet sein, aber nie werde ich mich trauen, das laut zu sagen oder anderen gegenüber als mir. Nie im Leben.

Hinter mir deckt Oma den Tisch. Sie ist beim Abstellen der Teller alles andere als vorsichtig. Misse springt erschrocken von meinem Schoß. Ich lege die Zeitschrift weg und gehe zur Terrasse.

»Kann ich dir helfen?«, frage ich.

Das ist mir lieber, als einfach nur zu warten.

»Nein«, sagt Oma, »aber du solltest nicht in der Sonne sitzen.«

Ich setze mich auf einen der Stühle am Tisch, der im Schatten des großen Sonnenschirms steht, und trinke ein paar Schlucke Saft. Er ist eiskalt.

Mein Glas ist gleich leer. Oma eilt hin und her. Fast das gesamte Essen steht auf dem Tisch.

Ich schaue mich zum x-ten Mal um und zucke zusammen. Mein Herz bleibt stehen, bevor es lauthals wieder anfängt zu schlagen. Abbas ist schon halb über den Hof. Er hebt die Hand und winkt.

Ich stehe auf.

»Hallo!«, sage ich.

Er ist noch nicht nah genug, dass es natürlich wäre,

Hallo zu sagen. Abbas wartet mit der Antwort, bis er bei der ersten Treppenstufe angelangt ist.

»Hallo«, sagt er endlich und lächelt.

»Komm rein«, sage ich.

Was für eine bescheuerte Bemerkung.

»Huhu!«, ruft Oma.

Sie trägt noch ein weiteres Tablett heraus und stellt es zu all den anderen Sachen auf dem Tisch.

»Hallo, Wendy«, sagt Abbas höflich.

»Wie schön, dich hier zu sehen«, sagt Oma. »Setz dich!«

Sie zeigt auf einen Stuhl. Abbas setzt sich und fängt an zu lächeln, wird aber von Oma unterbrochen, die schwungvoll ein Glas Saft vor ihm auf den Tisch stellt.

»Schrecklich heiß heute«, sagt sie.

Abbas nickt und lächelt zurück.

»Greift zu!«, sagt Oma.

Es gibt Räuchermakrele und allerlei dazu. Schmand und dünnes Knäckebrot. Kartoffeln, Butter, Petersilie, Senf, Kapern und rote Zwiebeln in Scheiben. Eigentlich gibt es vor allem Beilagen. Ich hoffe, Abbas mag Makrele oder zumindest die Beilagen.

Abbas und ich greifen gleichzeitig nach den Kartoffeln. Ich sage, er soll sich zuerst nehmen, gleichzeitig sagt er, ich soll mir zuerst nehmen.

»Nein, du!«, sagen wir noch einmal im Chor.

Wir müssen beide kichern. Es ist fast so, als wären wir wieder in der Hütte. Aber dann sehe ich von der anderen Tischseite Omas Blick auf uns, und sofort sind wir wieder hier, an Omas Terrassentisch. Ich richte mich auf und strecke mich nach dem Schmand. Abbas nimmt die Kartoffeln. Nach kurzer Zeit sind unsere Teller voll mit etwas Makrele und massenhaft Beilagen.

Misse springt auf Omas Schoß. Oma nimmt sich mehr von dem Fisch und gibt Misse ein Stück davon, das sie dort futtern darf, auf Omas Safarihose.

Während wir uns von dem Essen genommen haben, war es still. Das bleibt auch hinterher so. Wir können Misse schlabbern und Oma kauen hören.

»Wollt ihr mir vielleicht mal erzählen, was ihr im Wald den ganzen Tag macht?«, fragt Oma schließlich.

Ich zucke zusammen. Oma zu erzählen, was wir im Wald machen, ist das Letzte, was ich will. Wir müssen über etwas anderes reden. *Egal was.*

»Afghanistan«, sage ich plötzlich und bereue es in derselben Sekunde.

»Hm?«

Oma schaut mir direkt in die Augen. Abbas auch, leicht verwirrt.

»Wo du gewesen bist«, schiebe ich hinterher.

Oma runzelt die Stirn.

»Und wo Abbas' Papa herkommt«, sage ich abschließend.

Afghanistan ist eigentlich das *Letzte*, worüber ich reden will. Oder ganz klar das Zweitletzte.

»Ja …«, sagt Oma. »Das ist schon eine ganze Weile her, aber …«

Abbas sieht Oma mit großen Augen an.

»… so habe ich ja deinen Vater kennengelernt.«

Abbas legt das Besteck weg und betrachtet Oma.

»Wir sind uns in Herat begegnet«, fährt Oma fort, »in den Neunzigerjahren. Dein Vater war damals noch jung, um die zwanzig.«

Ich strecke mich nach mehr Schmand.

»War damals auch schon Krieg?«, fragt Abbas.

Oma nickt. Es ist so, als wollten alle außer mir über den Krieg in Afghanistan sprechen.

»War es schön dort?«, fragt Abbas.

Oma antwortet nicht sofort, ihr Blick wirkt fern.

Ich versuche, Misse auf meinen Schoß zu locken.

»Unglaublich schön«, sagt sie. »Es gibt eine fast zweitausend Jahre alte Zitadelle und einen riesigen Basar. Gleich daneben fließt ein Fluss, der das Land drum rum mit Wasser versorgt, und die Berge sind fast rot.«

Abbas lächelt mit dem ganzen Gesicht.

»Das hat Papa nie erzählt …«, sagt er.

Ich locke Misse, aber sie will nicht zu mir kommen. Ich sitze einfach nur da.

»Dein Vater hat vielleicht ein etwas anderes Verhältnis zu Herat«, fährt Oma fort, »zu Afghanistan.«

»Er redet nie darüber«, sagt Abbas.

»Nein …«, sagt Oma, »er sieht immer nur die Schattenseiten. Verständlicherweise.«

Abbas nickt.

»Und die behält er vielleicht lieber für sich«, sagt Oma.

»Aber … warum? Es gibt so vieles, woran ich denke und was ich mich frage …«, leitet Abbas ein.

80

»Es erinnert ihn an deine Mutter ...«, fällt Oma ihm ins Wort.

Ich schaue sie an, mit starrem Blick. *Was geht hier ab?* Sitzt sie wirklich da und redet über Abbas' tote Mutter? Ich mache den Mund auf, um mich für Oma zu entschuldigen.

»Über sie redet er auch nicht ...«, flüstert Abbas.

Ich schließe den Mund. Omas Blick ruht auf Abbas, mit einer Zärtlichkeit, die ich an ihr kaum kenne.

»Das ist oft so mit Dingen, die wehtun«, sagt sie. »Man spricht nicht über sie.«

Dann nimmt sie ihren Stuhl und rückt näher an Abbas heran. Mit leiser Stimme sagt sie:

»Aber ich finde, es ist an der Zeit, dass du es erfährst.«

Oma legt ihre Hand auf Abbas' Hand. Er nickt kaum merklich, als wüsste er, was er erfahren soll, und wäre ganz ihrer Meinung. Nur ich flüstere:

»Was erfährst?«

Ohne zu antworten, richtet Oma sich auf. Erneut kommt es unvermittelt, ist sie sehr direkt, aber es geht um etwas anderes:

»Dessert!«

Sie steht auf. Abbas sieht zu ihr hoch, verletzt, als Oma anfängt, die Teller und Schüsseln einzusammeln.

Plötzlich hält sie inne, als wollte sie etwas sagen, schüttelt aber den Kopf und räumt weiter ab.

Abbas starrt auf den Tisch und fragt:

»Kannst du nicht mehr erzählen? Bitte.«

Oma bleibt mit einem Stapel Teller in der Hand stehen und sieht Abbas ernst an.

»Nein.«

»Warum nicht?«

»Sayed hat entschieden, dass es so am besten ist.«

»Aber Papa ist jetzt nicht hier.«

Oma verzieht das Gesicht, als wollte sie alle Gefühle in Schach halten. Ihre Augen werden feucht. Abbas hält sie mit seinem Blick fest.

»Bitte.«

Oma denkt lange nach und diskutiert lautlos mit sich selbst. Ihre Lippen bewegen sich, es kommt bloß kein Wort heraus. Oma ist immer merkwürdig, aber ich habe noch nie erlebt, dass sie sich so seltsam benimmt wie jetzt.

»Wendy …«, sagt Abbas mit brüchiger Stimme, »ich muss es wissen. Ich weiß gar nichts! Wie es dort aussieht. Erzähl mir von den Basaren. Oder den Bergen. Egal was! Alles, was ich über Afghanistan weiß, habe ich gegoogelt. Das ist nicht fair.«

Oma rührt sich nicht von der Stelle. Ihr grüblerisches Gesicht wird offener, sie lässt die Schultern sinken.

»Ich könnte dir vielleicht ein Fotoalbum zeigen«, sagt sie.

Abbas beugt sich auf seinem Stuhl vor.

»Du hast Fotos?!«

Sie nickt und bekommt feuchte Augen.

»Vielleicht sogar von deiner Mutter …«

Abbas scheint keine Luft mehr zu bekommen, dann

bricht er in das größte Grinsen aus, das ich je gesehen habe. Ein größeres Grinsen, als ich es je bei ihm ausgelöst habe. Die Stimmung scheint plötzlich davon *gut* zu werden, dass man über etwas *Trauriges* spricht. Und es scheint, als gäbe es mich nicht, dabei sitze ich doch auch hier.

»Ich hole das Fotoalbum«, sagt Oma und verschwindet mit den Tellern im Haus.

Abbas und ich bleiben allein zurück. Ich rühre in den Resten auf meinem Teller und überlege, ob ich weiteressen soll, damit die Stille irgendwie natürlich ist, aber das könnte noch unnatürlicher wirken. Also räuspere ich mich stattdessen, wie nur alte Menschen es tun.

Abbas kichert.

»Hast du eine Gräte verschluckt?«

Ich schüttle den Kopf. Er kichert noch mehr. Ich glaube, ich erröte, wobei das schwer zu sagen ist, vermutlich bin ich ja schon von der Hitze knallrot. Ich stecke mir ein großes Stück Kartoffel mit Schmand in den Mund.

»Hallo zusammen!«

Wir drehen uns um, und ich bin überrascht, als ich sehe, dass Sayed kommt. Ich kämpfe mit dem Kartoffelgemisch in meinem Mund. Er kommt über den Hof, die Hand zum Gruß erhoben. Im selben Moment tritt Oma auf die Terrasse. Sie hat ein blaues Fotoalbum in den Händen.

»Oh, hallo, Sayed«, sagt sie. »Du bist schon da. Na dann. Hast du … hast du Hunger?«

Sie nickt zu dem halb gedeckten Tisch.

»Drinnen ist noch mehr.«

Sie wirkt nervös. Ich habe Oma noch nie nervös gesehen.

»Nein, danke!«, sagt Sayed. »Ich war gerade in der Nähe, und da dachte ich, ich komme auf dem Heimweg vorbei und nehme Abbas mit. Kamal ist allein zu Hause.«

»Ah«, sagt Oma und wirkt fast erleichtert, »nächstes Mal dann.«

Abbas bleibt sitzen.

»Ich komme später, Papa, Wendy wollte mir gerade ein paar Fotos zeigen.«

Sayed starrt auf das blaue Album in Omas Hand. Sein Lächeln erstirbt.

»Wendy, du weißt, was wir vereinbart haben? Nicht …«

Er räuspert sich, als wollte er etwas hinunterschlucken.

»Ich glaube, es ist langsam an der Zeit«, sagt Oma.

Abbas folgt ihnen gebannt.

»Nein …«, sagt Sayed. Seine Stimme ist jetzt strenger.

Oma macht den Mund auf, um etwas zu sagen, schließt ihn aber wieder.

»Okay«, sagt sie nach ein paar seltsamen Sekunden. »Ein andermal …«

»Ja«, sagt Sayed, »ein andermal.«

Sein Gesicht wird wieder weicher. Oma setzt sich und legt das Album neben sich auf die Bank.

Abbas steht auf. Er wirkt geknickt. Am liebsten würde ich ihn in den Arm nehmen. Oder ihm das Album geben. Ich will ihm genau das geben, was er braucht, um nicht traurig zu sein. Aber ich bleibe einfach sitzen, tue nichts, sage nichts, als Abbas sich höflich bedankt und seinem Vater folgt. Während sie über den Hof gehen, legt Sayed ihm einen Arm um die Schulter.

Warum will Sayed nicht, dass Abbas sich ein Fotoalbum mit Bildern aus seinem Heimatland anschaut? Kamal ist allein zu Hause, aber ich glaube eher, dass es einen anderen Grund hat.

Ein Teil von mir will Oma fragen, aber sie macht sich gleich daran, den Tisch abzuräumen. Will sie gar nichts dazu sagen? Sieht nicht so aus. Als Oma in der Küche mit dem Abwasch beschäftigt ist, nehme ich das Fotoalbum mit in mein Zimmer. Wenn Abbas das nächste Mal zu Besuch kommt, kann Oma es vergessen, seine ganze Aufmerksamkeit auf sich zu ziehen.

Ich lege das Album auf den Nachttisch und plumpse auf das Bett, bevor ich Abbas eine Nachricht schicke:

»Morgen auf der Wiese?«

Ich betrachte Videos von niedlichen Hunden, während ich auf eine Antwort von ihm warte. Normalerweise dauert es nicht so lange, aber jetzt zieht es sich hin. Endlich!

»Kann nicht kommen. Sorry.«

Ich starre auf die Nachricht. So sollte die Antwort nicht ausfallen. Ich habe meine Nachricht nur geschickt, um etwas zu sagen. Eigentlich war es keine Frage. Wir treffen uns ja jeden Tag.

Er schreibt noch einmal:

»Ich muss Papa in der Touristen-Info helfen.«

Ich antworte:

»Verstehe.«

Dabei verstehe ich es nicht. Lange Zeit kommt nichts mehr. Ich versuche, mich davon abzulenken, dass ich Abbas morgen nicht sehen werde, indem ich mir ein Hundevideo anschaue. Es nützt nichts.

Eine neue Nachricht von Abbas ploppt auf dem Display auf:

»Willst du dazukommen?«

Ich richte mich sofort auf und antworte:

»Ja« und *»claro«*, füge sicherheitshalber noch ein *»cool«* hinzu.

Damit bloß kein Zweifel aufkommt, dass ich morgen mit Abbas zusammen sein will.

»Weißt du, wo es ist?«, fragt Abbas.

»Nein«, antworte ich, *»aber Oma kann mich bestimmt hinbringen.«*

Abbas antwortet sofort.

»Coolio. Bis morgen, Noraaaa.«

10

Die Touristeninformation liegt am Rand des Stadtzentrums. Die Touristen, die hierherkommen, wollen meistens in den Wald, um im Zelt zu schlafen oder mit dem Kajak zu paddeln oder im Fluss zu angeln, und von Sayed bekommen sie dafür Tipps. Manchmal muss er sie auch ein Stück begleiten. Das hat Oma mir gestern erzählt. Sie hat erleichtert gewirkt, nicht über den Vorfall beim Abendessen sprechen zu müssen, sie hat nicht einmal gefragt, wo das Album abgeblieben ist. Ich hoffe, dass auch Abbas nicht danach fragt.

»Ihr werdet viel Spaß haben, Nora«, sagt Oma, als sie vor einem niedrigen Gebäude hält.

Noch bevor ich vom Sitz des Pick-ups heruntergeklettert bin, macht Abbas die Tür der Touristeninformation auf. Sie befindet sich in einem kleinen dunkelgrünen Haus, das sich kaum vom Wald abhebt. Oma redet schon drauflos, bevor ich ihn begrüßen kann.

»Ihr werdet bestimmt viel Spaß haben«, wiederholt sie, diesmal an Abbas gerichtet. »Ist Sayed da?«

»Nein«, sagt Abbas. »Er ist auf dem Weg zum Zeltplatz mit ein paar Italienern.«

Wir steigen aus und gehen zu ihm, Oma legt ihm eine Hand auf die Schulter. Sie lächeln sich an, und ich bin ziemlich sicher, dass mein Wunsch soeben erfüllt wurde: Sowohl Abbas als auch Oma haben das Abendessen und das Album vergessen.

»So, dann haltet ihr den Laden also ganz allein am Laufen?«

»Genau«, sagt Abbas und sieht mich an. »Es ist auch nicht schwer. Eigentlich passiert hier nicht viel, weil fast alle, die vorbeikommen wollen, vorher anrufen oder eine Mail schicken, um sich anzukündigen. Trotzdem muss jemand da sein, falls was ist.«

»Cool«, antworte ich.

»Eigentlich wäre ich lieber in der Hütte«, sagt Abbas.

»Der Hütte?«, fragt Oma nach.

Abbas erstarrt.

Und ich stottere, so gut es geht:

»Ähm, nein ... der Grotte.«

»Der Grotte?«, wiederholt Oma. »Wovon redet ihr?«

»Ähm«, sagt Abbas, »so nennen wir den Wald.«

Oma sieht uns verwirrt an.

»Ihr nennt den Wald Grotte?«

»Yes«, sage ich.

»Aha«, sagt Oma und kauft uns die Lüge ab, zumindest fast. Sie fragt jedenfalls nicht weiter nach. »Dann will ich mal los«, sagt sie, »in ein paar Stunden hole ich dich wieder ab, Nora.«

88

Ich nicke. Oma geht zum Pick-up und hat noch nicht richtig die Autotür zu, da düst sie schon los.

»Puh!«, sagt Abbas.

Ich fange an zu lachen, und auch Abbas lacht.

»Das war knapp«, sage ich. »Gut gerettet.«

»War easy«, sagt Abbas. »Komm, ich zeig dir alles.«

Er geht voraus zu dem kleinen Häuschen.

Drinnen ist es ziemlich kühl, weil an der Decke ein Ventilator brummt und kalte Luft durch den Raum schickt. An der Theke kleben mehrere Plakate, darunter eine Karte über die Gegend; auf einem der Plakate sind drei Wölfe abgebildet und auf einem anderen hält ein Mann begeistert einen rötlich-grün schimmernden Fisch in die Luft.

Abbas geht hinter die Theke, die ihm fast bis zu den Schultern reicht.

»Papa kommt bestimmt ganz bald zurück«, sagt er. »Eigentlich bräuchte er die Touristen nicht zu begleiten, der Weg ist gut ausgeschildert, aber er tut es trotzdem.«

»Okay«, sage ich und setze mich auf einen großen Ledersessel. Ich will gerade fragen, was wir jetzt machen, da reißt jemand die Tür auf, und Dorrit trampelt herein. Ich erstarre, bevor ich mit Abbas Blicke wechsele, er sieht verängstigt aus.

»Hallo«, sagt Dorrit lächelnd.

Abbas und ich grüßen leise zurück.

»Schmeißt ihr zwei heute den Laden?«, fährt sie fort.

Abbas nickt.

»Ist das so üblich dort, wo ihr herkommt?« fragt Dorrit weiter.

Ich kriege kaum mit, was sie sagt. Keiner von uns antwortet ihr.

»Gute altmodische Kinderarbeit?«, schiebt sie hinterher.

Dorrit sieht uns mit großen Augen an, bevor sie in lautes Gelächter ausbricht, das eine Weile anhält.

»Hahaha«, lacht sie. »Nein! Ihr müsst entschuldigen, ich habe einen ziemlich schwarzen Humor.«

Sie lächelt. Abbas versucht etwas zu sagen:

»Soll ... darf ... kann ... kann ich ... kann ich Ihnen helfen?«

»Danke für das Angebot!«, sagt Dorrit und geht an mir vorbei zur Theke. »Aber ich glaube, ich brauche deinen Vater. Ich brauche Maden.«

Abbas sieht blinzelnd zu ihr auf.

»Dein Vater besorgt die Maden im Wald. Erstklassiger Köder.«

Abbas nickt.

»Verkauft sie nebenher, als Zubrot«, ergänzt Dorrit, »Freundschaftspreis.«

Dorrit benimmt sich anders als im Café, wo sie Abbas aufgefordert hat zu bezahlen. Damals war sie fies, jetzt ist ihr Auftreten fast kumpelhaft.

»Egal«, fährt sie fort, »ich lasse euch zwei Turteltäubchen weiterflirten und komme später noch mal vorbei, wenn dein Vater da ist. Du kannst ihm aber gern ausrichten, dass ich da war ... und sagen, dass er seine Aufenthaltsgenehmigung bereithalten soll, wenn ich zurückkomme!«

Abbas unterdrückt eine Art Husten.

»Haha!«, jubiliert Dorrit. »Nein, sorry! War nur ein Scherz! Ein Späßchen ab und zu muss sein, oder?«

Sie lacht auf dem ganzen Weg nach draußen. Ich schiele zu Abbas hinüber, fürchte mich vor dem, was ich zu sehen bekomme. Seine runden Augen fixieren die Theke. Sein Gesichtsausdruck ist schwer zu deuten, er wirkt nicht schockiert und auch nicht traurig. Er sieht eher aus, als wäre er zu einer Statue erstarrt. Dann dreht er langsam den Kopf zu mir um und flüstert:

»Die ist verrückt.«

Ich fange an zu lachen.

»Haha! Ja! Total durchgeknallt!«

Auch Abbas lacht.

»Nee, ganz ehrlich«, sagt er, nachdem sich sein Lachen gelegt hat, »ich habe Schiss vor ihr.«

»Ja«, sage ich, »ich auch.«

Abbas ist wieder ernst.

»Ich glaube, wir sollten nicht mehr zur Hütte gehen.«

Es fühlt sich an wie ein Schlag in die Magengrube, trotzdem antworte ich:

»Nein. Das lassen wir wohl lieber.«

Abbas wirkt bedrückt. Wir wissen beide, dass wir dadurch mit das Schönste am Sommer verloren haben. Am liebsten würde ich ihn überreden, so wie am ersten Tag, als wir die Hütte gefunden haben, sagen, dass es völlig okay ist, aber ich weiß auch, dass Abbas recht hat:

91

Wir können nicht mehr in die Hütte gehen. Es ist zu riskant.

Abbas und ich sind noch eine ganze Weile allein in der Touristeninformation, bevor Sayed kommt. Zu dem Zeitpunkt haben wir alle Broschüren zweimal durchsortiert und träumen beide davon, im Wald zu sein.
»Nora«, sagt Sayed und lächelt mir zu.
Er trägt andere Kleider als sonst. Eine grüne Shorts, eine dünne Steppjacke über einem Fleecepullover und ein Cappy auf dem Kopf mit einem Bären auf dem Schirm.
»Wie schön, dass du uns heute hilfst«, sagt er.
Dann zieht er die Hände hinter seinem Rücken hervor und hält uns zwei Eis hin.
»Zur Belohnung«, sagt er und reicht sie uns.
Wir setzen uns nach draußen, um sie zu essen, und ehe ich begreifen kann, dass es passiert, biegt Omas Pick-up auf den Platz vor der Touristen-Info.
»Der Tag ist schnell rumgegangen«, murmele ich.
»Ja«, sagt Abbas. »Aber wir haben ja noch morgen und übermorgen und den Tag danach und den Tag nach diesem und so weiter und so fort …«
Ich weiß nicht, ob es an Abbas' Worten liegt, aber ich freue mich so, dass ich ein bisschen die Kontrolle verliere und etwas tue, was ich seit dem Tag unserer ersten Begegnung machen möchte. Ich falle in seine Arme und drücke ihn fest an mich. Als ich loslasse, sieht er mich stumm an. Aus den Augenwinkeln sehe ich, wie Oma uns beobachtet. Sayed gibt wenigstens vor, mit einem

Plakat im Fenster beschäftigt zu sein, aber auch er schielt zu uns herüber.

»Ähm, danke«, sagt Abbas.

Mein Verhalten sollte mir peinlich sein, aber dafür bin ich zu glücklich. Vielleicht wenn ich nach Hause komme, gegessen habe und die Sonne hinter den Baumwipfeln untergegangen ist, vielleicht ist es mir dann peinlich. Aber das liegt in der Zukunft. Hier und jetzt bin ich der glücklichste Mensch der Welt.

Im Juli ist Hochsaison, und Sayed braucht Hilfe in der Touristeninformation. Zweimal die Woche bin ich mit Abbas dort, an den anderen Tagen sind wir im Wald.

Es ist komisch, so dicht bei der Hütte zu sein und nicht hineinzugehen. Unsere Sachen sind immer noch da, das Poster an der Wand, das Kartenspiel und bestimmt auch ein paar Klamotten. Wir sagen schon lange, dass wir uns wieder hineintrauen sollten, nur ein einziges Mal, um die Sachen herauszuholen, aber bisher haben wir es nicht über uns gebracht. Es findet sich immer eine Entschuldigung, um es auf den nächsten Tag zu verschieben, zum Beispiel, dass wir angefangen haben, in Omas alten Zeitschriften die Kreuzworträtsel zu lösen, was zwar völlig unmöglich ist, aber viel Spaß macht.

Wir liegen bäuchlings nebeneinander auf einer Decke auf der Wiese. Die Sonne brennt angenehm auf dem Rücken. Wir starren mit zusammengekniffenen Augen auf die Kästchen und Fotos von früheren Stars und haben keine Ahnung, wer sie sind. Also denken wir uns Namen für sie aus.

»Ro-bert-Pum-per-ni-ckel?«, schlage ich vor.

»Haha!«, lacht Abbas.

»Das passt, falls Süßungsmittel Puderzucker ist, siehst du! Dort haben wir ein U.«

»Aber warum Robert? Haha!«

»Keine Ahnung. Damals hießen alle Robert oder Roland«, sage ich und zeige auf das Foto und den Mann mit den grauen, nach hinten gekämmten Haaren und der viereckigen Brille, die aussieht wie die von Oma.

Zwischen uns sind nur drei Zentimeter. Dass es in meinem Körper knistert, wenn ich Abbas nahe bin, daran habe ich mich gewöhnt. Aber seit dem Tag vor der Touristeninformation habe ich ihn nicht mehr umarmt. Nicht, weil ich es bereut habe, sondern weil ich nicht so richtig weiß, ob Abbas es will. Wenn er nur ein Freund sein will und nicht mehr, kann ich ihn nicht dauernd an mich drücken.

Die Tage gehen ineinander über. Es ist heiß und wird noch heißer, bevor es eines Tages plötzlich grau und so kalt wird, dass ich unten aus dem Koffer eine Jacke hervorkramen muss. Die Luft ist voll mit winzigen Regentropfen, aber als ich am Abend von der Touristeninformation nach Hause komme, ist der Himmel wieder wolkenfrei.

Ich habe vor dem weißen Häuschen eine Decke auf den Rasen gelegt, und als ich mit einem Glas Saft zurückkomme, hat Misse sie bereits mit Beschlag belegt. Ich muss ihren lang gestreckten Körper beiseiteschieben, damit ich selbst auf der Decke Platz finde. Nach zwei Minuten langweile ich mich und stehe auf, um mein Handy zu holen.

In meinem Zimmer angekommen, weiß ich nicht mehr, wo ich es hingelegt habe. Es ist nicht auf dem Nachttisch, wo es eigentlich liegen sollte, auch nicht im Bett oder unter dem Kopfkissen. Ich schaue auf dem zweiten Nachttisch nach, hebe ein paar Zeitschriften auf, die ich fallen gelassen habe, da entdecke ich Omas Fotoalbum mit den Bildern aus Afghanistan. Es liegt noch an der Stelle, wo ich es nach dem Abendessen mit Abbas hingelegt und nicht mehr angerührt habe, unter dem ganzen Kram, den ich seitdem hier reingeschleppt habe.

Auf dem Ordnerrücken steht in Omas Schrift: »Afghanistan 1996–2004.«

Abbas und ich haben seit dem Essen mit Oma nicht mehr über Afghanistan gesprochen. Ist es nicht verwunderlich, dass Abbas nicht nach dem Album gefragt hat? Vielleicht ist der Grund dafür die Reaktion seines Vaters. Vielleicht hat Abbas aber auch gemerkt, dass ich jedes Mal das Thema wechsle, wenn er Afghanistan erwähnt.

Ich nehme das Fotoalbum in die Hand. In einem Fotoalbum sammelt man alles Schöne, das, was man vorzeigen will und worauf man stolz ist. Nicht Krieg und Elend. Oma hätte es nicht geholt, wenn es nicht schöne Sachen enthalten würde, die sie Abbas zeigen wollte, da bin ich mir ganz sicher.

Vielleicht ist es sowieso eine gute Idee, es durchzublättern für den Fall, dass Abbas danach fragt.

Ich nehme das Album mit nach draußen und setze mich zu Misse auf die Decke.

Auf der ersten Seite sind zwei Fotos mit fast demselben Motiv, ein Fluss vor einer großen Ebene mit Häusern unterhalb von Bergen, wie ich sie im Leben noch nie gesehen habe. Es sieht fast aus wie eine Wüste aus rotem Gold, die nach oben wächst. Ich blättere weiter.

Ein Foto von drei Männern, die hinter großen Krügen sitzen gefüllt mit etwas, das wie Gewürze oder vielleicht auch Nüsse aussieht. Einer der Männer hält lächelnd eine Tüte in die Kamera. Darunter steht: »Vom Basar.«

Auf der nächsten Seite ist ein Foto von einem Mann, den ich zu erkennen glaube. Ich schaue genau hin. Der Mann steht vor einem großen Fenster, und an den Wänden im Raum dahinter kann ich große Gemälde sehen. »Sayeds Galerie, Herat 1996.«

Auf derselben Seite ist noch ein Foto, von einer Frau. Ihre Haare sind mit einem Schal bedeckt. Sie trägt ein langes Kleid mit langen Ärmeln. Ich gehe noch dichter heran. Sie hat große, runde Augen. Unter dem Foto steht: »Soraya, 2000.«

Auf der nächsten Seite sind zwei fast identische Fotos: Sayed und Soraya, die in schicken Kleidern vor der Kamera posieren. »Hochzeitstag, 2001.«

Hochzeitstag. Sayed ist verheiratet. Aber … und dann trifft es mich wie ein Blitz: Soraya ist Abbas' Mutter. Wie hübsch sie ist.

War.

Ich frage mich, ob Oma das Foto gemacht hat. War sie bei der Hochzeit dabei? Ich schaue zu Oma auf der Terrasse, sie ist hinter einer großen Zeitung versteckt. Ich klappe das Album zu und gehe damit zu ihr.

»Oma?«

Sie lässt die Zeitung sinken und entdeckt das Album.

»Du hast das Album also mitgenommen«, sagt sie. »Hast du es dir angeschaut?«

»Ja«, antworte ich.

»Saft?«, fragt Oma und nickt zu dem Karton auf dem Tisch.

Ohne zu antworten, setze ich mich hin. Oma schenkt mir ein Glas ein.

»Ist Soraya Abbas' Mama?«

Oma stellt den Karton ab. Ich zeige auf das Fotoalbum.

»Sie sehen sich ähnlich.«

Oma nickt mit einem Lächeln.

»Hast *du* das Foto von der Hochzeit gemacht? Warst du dabei?«

Wieder nickt Oma.

»Dann kanntest du Soraya ziemlich gut?«

»Ja«, sagt Oma, »zuerst Sayed und später auch Soraya.«

Es ist komisch, von Abbas' Mama plötzlich ein Gesicht zu haben. Ich kann mich jetzt gar nicht mehr daran erinnern, wie ich sie mir vorher vorgestellt habe, sehe nur noch das Bild von ihr im Album.

»Sie ist an einem Herzstillstand gestorben«, sage ich.

Oma räuspert sich und setzt sich auf, bevor sie sagt:

»Soraya ist nicht an einem Herzstillstand gestorben.«

»Doch«, sage ich. »Das hat Abbas mir erzählt.«

Oma ist still. Dann sagt sie:

»Ja. Das glaubt Abbas, weil Sayed und ich uns auf diese Version verständigt haben. Aber …«

Ich bin verwirrt. Oma mustert mich ein paar Sekunden lang.

»Ich bin schuld an Sorayas Tod.«

Ein Schauer läuft mir die Wirbelsäule hinunter, als würde mein Körper schon auf Omas Worte reagieren, bevor mein Gehirn es tut.

»Was?«

Eine ganze Weile rührt Oma sich nicht. Und ich frage auch nicht. Keine der tausend Fragen, die durch mein Gehirn schwirren wie Zitteraale, die ich nicht einfangen kann. Ich bin vielmehr wie gelähmt, als wüsste ich, was kommt, und würde Todesängste ausstehen. Endlich bewegt sich Oma. Sie legt die Zeitung auf den Tisch und streicht darüber, bevor sie die Hände zurückzieht. Sie sieht mich aufmerksam an.

»Ich werde dir erzählen, was passiert ist.«

Ich weiß nicht, ob ich es hören will. Aber Oma sammelt sich, macht sich bereit. Sie setzt die Brille ab und reibt sich die Nasenwurzel. Dann atmet sie tief ein und wieder aus und erzählt:

»Sayed und Soraya haben zu Beginn des neuen Jahrtausends geheiratet. Damals war die Situation in Afghanistan schwierig, und Sayed wollte nach Norwegen. Er bat mich um Hilfe, und 2003 kamen Sayed und Soraya als Flüchtlinge hierher. Hier ging es ihnen sehr gut. Sie lernten die Sprache und lebten sich in ihrem Viertel gut ein. Sie bekamen zwei Kinder, Abbas und Kamal. Als Kamal zwei war ...«

Oma unterbricht sich selbst. Ihre feuchten Augen versuchen, die Tränen zurückzuhalten.

»Als Kamal zwei war«, wiederholt sie, »erhielt ich einen Auftrag von einer internationalen Zeitung, die mich bat, einen Bericht über ein Dorf im Norden Afghanistans zu verfassen, in dem die Taliban herrschten. Es war ein interessanter Auftrag, keine Frage. Und wichtig.«

Oma schließt die Augen, schweigt ein paar Sekunden, bevor sie weiterspricht:

»Ich brauchte einen Dolmetscher, auf den ich mich verlassen konnte. Sayed bot an, mich zu begleiten oder einen Dolmetscher unter seinen Kontakten, die er noch in Afghanistan hatte, zu organisieren. Aber ich erklärte ihm, dass es eine Frau sein musste. Ich wollte vor allem mit Frauen in Kontakt kommen, und deshalb schlug Soraya vor, mich zu begleiten.«

Dolmetscherin. Der Artikel in Omas Box mit der Aufschrift *»privat«*, den ich vor ein paar Wochen gelesen habe. Plötzlich fällt er mir wieder ein: der eine Artikel, der von einer Dolmetscherin handelte, die ... gestorben war.

»Sayed fand die Idee nicht gut. Er hat immer gesagt, ich hätte ein romantisiertes Verhältnis zu Afghanistan, ich würde nicht sehen, was es wirklich ist. Ein geschundenes Land. Ein Land, das er liebt, aber in das er nie mehr zurückkehren möchte. Und jetzt wollte ich seine Frau mitnehmen ... außerdem war Kamal noch so klein. Aber wir wären nicht besonders lange weg, argumentierte ich. Es ging erst mal nur um zwei, drei Wochen; eine Vorabrecherche zwecks genauerer Planung der weiteren Vorgehensweise, *bevor* die eigentliche Arbeit begann. Und wenn es dann so weit wäre und ich für länger hinziehen würde, würde ich sicherlich eine andere Dolmetscherin finden. Am Ende willigte Sayed ein. Soraya freute sich darauf, ihre Heimat wiederzusehen.«

Oma schluckt die Tränen hinunter und will gerade weiterreden, da flüstere ich:

»Eine Bombe auf dem Basar.«

Oma sieht mich erschrocken an.

»Ich habe den Artikel gelesen.«

Sie blinzelt.

»Soraya war auf der Stelle tot.«

Tränen laufen über Omas faltige Wange. Sie schluchzt nicht, wie viele es tun, wenn sie weinen, zum Beispiel Mama. Sie sitzt einfach nur da, mit dem Gesicht voller Tränen. Schließlich beugt sie sich vor, nimmt einen Zipfel der Tischdecke und wischt sich die Tränen weg.

Es fällt mir schwer, sitzen zu bleiben, aber ich kann nicht aufstehen. Ich bin ebenso wütend wie traurig.

»Ich finde es an der Zeit, dass Abbas davon erfährt«, sagt Oma leise.

Ich denke nach, ziemlich lange, dann sage ich:

»Nein.«

Oma sieht mich mit zusammengekniffenen Augen an, vielleicht ist sie überrascht, dass ich ihr nicht zustimme.

»Du hast mit Sayed eine Absprache getroffen«, sage ich.

Omas Gesichtsausdruck ändert sich.

»Das ist lange her«, sagt sie und wirkt fast streng. »Damals war Abbas klein. Jetzt ist er älter und stellt sich Fragen, über sich, über seine Herkunft, und er verdient eine Antwort.«

»Nein«, wiederhole ich.

Vielleicht hat Oma recht, dass die Zeit reif ist, das kann ich nicht beurteilen, im Moment bin ich bloß im Schock. Ich weiß nur eins: Ich will Abbas niemals traurig machen, und das hier wird ihm das Herz brechen.

»Wir können später darüber reden«, sagt sie und fängt an, die Zeitung auf dem Tisch wieder ordentlich zusammenzulegen.

Ich antworte nicht. Meine Gedanken rotieren. Ich weiß, es war großer Zufall und total ungerecht, dass Soraya genau in dem Moment auf dem Basar war, als die Bombe explodiert ist. Aber Oma hat sie mit nach Afghanistan genommen. In ein Land, von dem sie wusste, wie gefährlich es ist. Soraya wollte mitkommen, sie ging aus freien Stücken. Aber ohne Oma wäre es nicht passiert.

Das ist der zweite Grund, warum ich es Abbas nicht erzählen kann. Wenn er erfährt, dass *meine* Oma seine Mutter überredet hat mitzukommen, wird er mich hassen.

Als ich am nächsten Morgen aufwache, ist es draußen immer noch grau. Ich liege im Bett und drehe mich hin und her, so wie ich mich gefühlt die ganze Nacht hin- und hergedreht habe. Den ganzen Sommer über bin ich jeden Morgen hellwach und glücklich aus dem Bett gesprungen, weil ein ganzer Tag mit Abbas vor mir lag.
Heute bleibe ich liegen. Ich sträube mich, weil ich etwas über Abbas weiß, was er nicht weiß. Und was ich weiß, ist grausam. Ich fürchte, ich kann es nicht vor Abbas verbergen, obwohl ich beschlossen habe, ihm nichts davon zu erzählen. Noch nicht jedenfalls. Vielleicht später, wenn ich noch einmal mit Oma gesprochen habe, nachdem sie mit Sayed gesprochen hat, denn das sollte sie tun, finde ich.

Ich frühstücke nicht und begrüße Oma auch nicht. Als die Uhr auf elf zugeht, mache ich mich auf den Weg in den Wald, zur Wiese, und bin vor Abbas da. Ich lehne mich an einen Baum am Rand und schaue mit zusammengekniffenen Augen zurück in den Wald. Jetzt, wo die Sonne nicht alle Kontraste ausradiert, wirkt er grüner.

Plötzlich steht Abbas neben mir. Ich zucke zusammen.

»Sag doch Hallo!«, sage ich genervt, obwohl ich mich eigentlich freue, ihn zu sehen.

»Sorry«, sagt er und lacht.

Ich stehe auf und würde ihn am liebsten in den Arm nehmen. Diesmal aber nicht, weil ich mich so sehr freue, dass ich mich nicht beherrschen kann, sondern weil er mir leidtut. Ich will ihn im Arm halten und nie mehr loslassen. Ihn trösten, auch wenn er nicht weiß, wofür. Soll ich es vielleicht doch sagen? Hier und jetzt? Erzählen, wie seine Mutter wirklich gestorben ist?

Vielleicht ist er dankbar, so wie Oma es sich vorstellt. Vielleicht hat er mich dann noch lieber, weil ich es war, die es ihm gesagt hat? Vielleicht wird alles gut? Aber wie soll das gehen? Wenn seine Mutter auf so grausame Weise ums Leben gekommen ist, wegen meiner Oma, und *alle* ihn angelogen haben? Und hier stehe ich und lüge quasi auch, weil ich die Wahrheit vor ihm verborgen halte.

Er sieht glücklich aus. Ich will ihn nicht traurig machen.

»Warum starrst du mich so an?«, fragt Abbas.

»Was? Nein«, sage ich, »das tu ich doch gar nicht.«

»Doch.« Abbas lacht, dann sagt er: »Ich will dir was zeigen.«

Er hat einen Rucksack auf dem Rücken, der ziemlich

schwer aussieht. Unter dem Verschluss klemmen zwei zusammengerollte Handtücher, die zu beiden Seiten herausschauen.

»Komm mit!«, sagt er und dreht sich um.

Abbas steuert auf ein Waldgebiet zu, das wir bisher noch nicht erforscht haben. Das heißt: Er hat es vielleicht schon erforscht, nur ich nicht. Ich beeile mich, ihm zu folgen.

Unterwegs reden wir über alles Mögliche. Wie immer. Aber so gut wie jedes Mal, wenn ich Abbas anschaue, denke ich an Soraya und wie sehr sie sich ähnlich sehen.

Allmählich wird der Wald um uns herum dichter. Zwischen den hohen Bäumen gibt es mehr kleinere Bäume und Büsche als in dem Waldstück bei Omas Haus. Es ist auch dunkler. Abbas bleibt stehen und schaut nach rechts und nach links. Alles sieht ziemlich gleich aus. Dann orientiert er sich leicht nach rechts, wo sich das Terrain verändert und einen Hügel bildet. Oben angekommen, bin ich fast ein bisschen aus der Puste, bevor es auf der anderen Seite gleich wieder nach unten geht. Und jetzt sehe ich ihn: den See.

Meine Augen kleben fast an dem kleinen Gewässer dort unten. Mir ist sofort klar, dass es kein normaler See ist. Das Wasser schimmert schwach rosa, und als ich näher komme, färbt es sich moosgrün. Es spiegelt perfekt den Himmel darüber und den Wald drum herum wider. Das Ganze ist so schön, dass das Spiegelbild fast besser ist als die Wirklichkeit.

Auch Abbas ist stehen geblieben. Er sieht mich an.

»Oasis«, sagt er grinsend.

»Oasis«, flüstere ich. »Wie hast du sie gefunden?«

Er sieht mich verschmitzt an.

»Ich habe sie auf einer Karte in der Touri-Info entdeckt«, sagt er. »Nachdem du gestern gegangen warst, bin ich hierhergekommen.«

»Krass«, sage ich beeindruckt.

Plötzlich nimmt Abbas Schwung und rennt den Hang hinunter.

»AAAAIIII!«, brüllt er.

Ich renne hinterher.

»KAAAARRRRAAAAMBAAAAA!«, schreie ich.

Es ist herrlich, so laut zu schreien. Und lässt mich alles andere vergessen.

Am Seeufer bleibt Abbas abrupt stehen. Fast renne ich in ihn hinein. Wäre er bis in den See gelaufen, wäre ich ihm gefolgt. Ich lache und japse nach Luft.

Abbas sieht sich um und geht zu einer Fichte, die so groß ist, dass die unteren Äste fast so etwas wie einen Unterstand bilden. Er krabbelt darunter, ich hinter ihm her.

Dann öffnet er den Rucksack und hält mir das eine Handtuch hin. Seins legt er auf den Boden und setzt sich drauf. Ich tue es ihm nach. Er holt eine Thermoskanne und zwei Becher heraus, in die er Saft gießt, bevor er mir einen davon reicht. Ich trinke den Becher in einem Zug leer und rülpse.

»Hahaha«, lacht Abbas.

»Sorry«, flüstere ich und drehe mich weg.

Ich betrachte das Handtuch, auf dem ich sitze. Es hat ein verblasstes Micky-Maus-Motiv.

»Wollen wir baden?«, schlägt Abbas vor.

»Jetzt?«

Er nickt.

»Ich habe keinen Badeanzug mit«, sage ich.

Er lächelt spöttisch.

»Tja … dann geht es natürlich nicht.«

Nein, denke ich.

»Kein Mensch hat je ohne Badeanzug gebadet«, sagt Abbas. »Absolut nie.«

Er unterdrückt ein Grinsen, dann steht er auf. Er schält sich aus dem Pullover und wirft ihn auf den Boden, es folgt das T-Shirt. Plötzlich steht er mit nacktem Oberkörper da.

Das macht mich verlegen. Ich weiß nicht, warum. Normalerweise finde ich so etwas nicht peinlich, ich habe schon viele Jungs mit nacktem Oberkörper gesehen.

Abbas braucht einen Moment, bis er den Gürtel geöffnet hat und die Hose auszieht. Dann sind die Socken an der Reihe, er wirft sie in meine Richtung.

Ich sitze da und schaue ihm zu. Nur noch mit der Boxer-Shorts bekleidet, läuft er zum Wasser, wird aber langsamer, als er näher kommt. Ich dachte, er würde sich hineinstürzen, doch er bleibt am Rand stehen und taucht supervorsichtig einen Zeh ins Wasser. Schnell zieht er ihn wieder zurück, nach ein paar Sekunden wiederholt er es, traut sich aber noch nicht, den ganzen Fuß ins Wasser zu strecken.

Das bringt mich zum Lachen. Ich werde ihm zeigen, wie es geht. Ich stehe auf und kämpfe mit den Knöpfen meiner Strickjacke, bevor ich sie ausziehen kann. Shorts, Schuhe und Socken gehen problemlos. Ich bin froh, dass meine Unterhose ganz normal aussieht und ich keine mit Herzchenmuster oder einem Einhorn angezogen habe. Das T-Shirt behalte ich an und renne los.

»AUS DEM WEEEEG!«, brülle ich so laut, dass Abbas zusammenzuckt und sich umschaut.

Ich renne an ihm vorbei und nehme gerade noch seine großen erschrockenen Augen wahr, als ich ins Wasser plumpse. Ich tauche unter, und alle Geräusche um mich herum verschwinden.

Es ist mein erstes Bad in diesem Jahr. Wie komisch, kann ich gerade noch denken, bevor ich wieder auftauche. Ich drehe mich auf den Rücken und schwimme los, behalte Abbas im Auge. Er steht nach wie vor auf dem kleinen Sandstreifen, der den See vom Wald trennt.

»Komm schon!«, drängele ich.

Er lächelt, geht aber nichts ins Wasser.

Ich nehme allen Mut zusammen und tauche unter, tauche weit hinaus auf den See, um ganz woanders wieder hochzukommen. Jedes Mal, wenn ich auftauche und mich wieder orientiert habe, steht Abbas noch an derselben Stelle.

»Ist es tief?«, ruft er.

»Keine Ahnung!«, rufe ich zurück. »Ich berühre nicht gern den Grund, darum behalte ich die Beine oben!«

Ich schwimme näher an Land.

»Komm schon!«, wiederhole ich. »Es ist nicht kalt.«

Er macht einen Schritt ins Wasser. Das Wasser schwappt an seine Knöchel. Es ist einer dieser Seen, die vielleicht auf den ersten zwei Metern sehr seicht sind, bevor es abrupt in die Tiefe geht. Es gibt quasi kein Zwischending, wo man mit Wasser bis zur Taille stehen kann.

Ich schwimme auf Abbas zu.

»Du Angsthase!«, rufe ich.

Abbas sieht mich an. Für Sekunden verschwindet sein Grinsen, dann ist es zurück. Plötzlich rennt er ins Wasser. Er macht die letzten Schritte in dem seichten Stück, bevor er sich ganz hineinwirft und unter der Wasseroberfläche verschwindet. Er kommt wieder hoch und rudert sekundenlang mit den Armen, bevor er erneut untertaucht. Und unter Wasser bleibt, lange.

Er will angeben, genau wie ich.

Aber er kommt nicht mehr hoch. Ich tauche unter, versuche, im trüben Wasser etwas zu erkennen, sehe allerdings nichts.

Dann tauche ich wieder auf und hole tief Luft, als mich etwas fest am Fußgelenk packt und unter Wasser zieht, nur knapp unter die Oberfläche. Ich kämpfe mich wieder nach oben und will schreien, wütend sein, aber Abbas lacht. Er schwimmt ein paar Meter von mir weg und lacht so heftig, dass ihm Wasser in den Mund schwappt. Ich schwimme zu Abbas hin und hole ihn fast ein, bevor er prustend davonschießt. Ich schiebe Wasser vor mir her. Abbas dreht den Kopf genau in dem Moment um, in dem die Welle ihn erreicht, sein ganzes Gesicht wird vom Wasser getroffen. Er japst nach Luft. Und hört nicht auf zu lachen.

So machen wir eine Weile weiter.

»Deine Lippen sind ganz blau«, sagt Abbas.

Er wirkt fast besorgt.

»Ach was«, antworte ich und will nicht aufhören.

»Doch«, sagt Abbas, »wir gehen raus.«

Er spritzt mir einen letzten Schwall Wasser über. Was extrem nervig ist, weil ihm das den nötigen Vorsprung gibt, um als Erster aus dem Wasser zu kommen.

Abbas lässt sich auf sein Handtuch fallen und dreht sich zu mir um. Plötzlich fühlt es sich komisch an. Wie er dort unter dem Baum liegt, halb von einem Handtuch bedeckt, während ich noch auf dem kleinen Strandabschnitt bin. Ich schlinge die Arme um mich. Halte den Blick auf meine Füße gerichtet, die versuchen, möglichst vorsichtig auf die kleinen Zweige am Boden zu treten.

Als ich bei der Fichte ankomme, hat Abbas schon seinen Pullover angezogen. Schnell greife ich nach meiner Shorts und ziehe sie über die nasse Unterhose. Ich schnappe mir die Strickjacke, bevor ich mich auf das Handtuch fallen lasse, mit dem ich mich eigentlich hätte abtrocknen sollen.

»Danke«, sage ich und setze mich auf.

»Hm?«, brummt Abbas. »Wofür?«

»Das Handtuch«, antworte ich.

Ich merke, wie ich flüstere.

»Ach so!«, sagt Abbas. »Kein Ding.«

Ich habe die Knie zu mir herangezogen.

»Ich mag dich«, sagt Abbas.

Ich höre auf zu atmen.

»Jetzt weißt du es«, fährt er fort. »Ich mag dich lieber als alle anderen.«

»Okay«, sage ich. »Ich mag dich auch.«

Ich glaube zu platzen. Vor Glück.

Da höre ich plötzlich Donnergrollen in der Ferne. Abbas schaut hoch.

»Vielleicht sollten wir zurückgehen?«, sagt er.

»Was?«

»Es wird gleich regnen.«

»O ja. Ja.«

Eigentlich würde ich am liebsten den Kopf schütteln und rufen: »NEIN! Wir gehen nirgendwohin.«

Beim Aufstehen habe ich eine Sekunde Vorsprung, sodass ich kurz über Abbas hänge und er mit dem ganzen Oberkörper gegen meinen Brustkorb stößt.

»Au!«, rufe ich und mache einen Satz zurück.

»Entschuldigung!«, sagt Abbas.

»Nein«, sage ich, »entschuldige dich nicht.«

Es hat überhaupt nicht wehgetan. Abbas sieht mich an, als würde etwas mit mir nicht stimmen.

»Alles gut«, sage ich.

Er antwortet nicht. Vielmehr macht er einen Schritt auf mich zu. Er steht ganz dicht vor mir. Unsere Nasenspitzen sind nur wenige Zentimeter voneinander entfernt. Ich schaue auf. Abbas ist zu groß, um aufrecht unter dem Baum stehen zu können. Mit seinem Kopf schiebt er die

Zweige nach oben. Ich selbst bin gerade noch klein genug.

Ich drücke mich an ihn. Ich muss auf die Zehenspitzen gehen, damit meine Lippen seine berühren können. Um uns herum fallen die ersten Regentropfen. Wir küssen uns gefühlt ewig, bevor meine Fersen wieder auf den Boden zurückkehren. Ich sehe zu ihm hoch, und er lächelt zu mir herunter, und wenn ich vorher schon geglaubt habe, mein Körper wäre elektrisch geladen, dann wird er jetzt zum Hochspannungsmast.

Am liebsten würde ich es noch einmal machen, aber Abbas tritt einen Schritt zurück.

»Komm, nichts wie weg. Bevor wir klitschnass werden.« In der Ferne ist weiteres Donnergrollen zu hören. Abbas stopft alles wieder in seinen Rucksack, während ich blinzelnd danebenstehe. Dann läuft er auf den Hügel zu. Als ich mich nicht von der Stelle rühre, dreht er sich um:

»Auf geht's, Nora!«

Ich renne zu ihm. Regentropfen treffen meine Stirn. Ich nehme seine Hand, und zusammen stürmen wir nach oben. Abbas rennt immer schneller, und genau in dem Moment, als wir den Wald erreichen, öffnet sich der Himmel. Der Regen trommelt auf die Baumkronen, die uns anfangs trocken halten, aber nicht für lange. Nach fünf Minuten sind wir beide völlig durchnässt, und ich denke, so macht es auch nichts, dass ich die trockenen Klamotten über die nassen gezogen habe, jetzt ist sowieso alles klatschnass.

»Was machen wir?«, rufe ich hinter Abbas her.

»Wir rennen«, ruft er zurück.

Wir lassen die Hände los und spurten durch den Wald. Abbas ist schneller als ich, er ist mir schon ein paar Meter voraus. Es ist so kalt. Ich klappere mit den Zähnen, und das Laufen fällt mir zunehmend schwer.

»Abbas!«, rufe ich hinter ihm her.

Er dreht sich um, sieht, welche Mühe ich habe, mitzuhalten, und kommt zu mir zurück. Ich muss stehen bleiben, um wieder Atem zu schöpfen. Jetzt kracht es direkt über uns.

»Abbas«, sage ich, »die Hütte.«

Er bleibt stehen. Ich nehme seine Hand.

»Die Hütte«, sage ich. »Bitte. Die ist ganz nah.«

Wir sind patschnass, als wir die Hüttentür hinter uns zuziehen. Alles sieht noch genauso aus wie beim letzten Mal. Über einem Stuhlrücken hängt Abbas' Pullover, unsere Spielkarten liegen auf dem Boden verstreut, und Omas Thermoskanne steht offen auf dem Tisch. Seit dem letzten Mal ist niemand mehr hier gewesen.

Der Regen trommelt auf das Dach und übertönt fast meine Gedanken. Abbas klappert mit den Zähnen.

»Wir machen den Kamin an!«, sage ich.

Ich nehme Holzscheite und ordne sie in einer Art Zeltformation im Kamin an. Dann knülle ich ein paar alte Zeitungen zusammen, die neben dem Kamin auf einem Stapel liegen, und stopfe sie unter die Holzscheite. Ich zünde ein Streichholz an und schiebe es unter das zusammengeknüllte Papier. Die Flammen schießen nach oben. Ich beuge mich vor und blase sanft, anschließend lehne ich mich wieder zurück und sehe zu, wie es brennt.

»Gut gemacht«, sagt Abbas und zeigt mir zwei gereckte Daumen.

Wir setzen uns direkt vor den Kamin, dicht nebeneinander. Als die Flammen kleiner werden, legen wir ein weiteres Holzscheit hinein.

Erneut donnert es, aber weit weg. Abbas legt sich ausgestreckt auf den Boden. Ich werfe noch ein Stück Holz hinzu, bevor ich mich neben ihn lege. Die Hitze des Kaminfeuers macht mich müde. Ich gähne und schließe die Augen, um sie ein wenig auszuruhen, kann gerade noch spüren, wie Abbas meine Hand nimmt. Ich lächle mit geschlossenen Augen, gähne noch einmal, und dann weiß ich nicht mehr genau, was passiert, bis …

… ich von leisem Summen geweckt werde. Träume ich? Meine Hand liegt immer noch in Abbas' Hand. Er zieht sie weg, um sich die Augen zu reiben, plötzlich erstarrt er. Das Summen wird lauter. Es ist kein Traum. Draußen ist jemand. Und ich weiß auch genau, wer es ist.

Bevor wir reagieren können, reißt Dorrit die Tür auf. Sie bleibt abrupt stehen und starrt uns an, ist triefnass. Sie sieht aus wie ein Monster, das gerade aus seiner Höhle gekrochen ist.

»WAS GEHT HIER VOR SICH?!«

Keiner von uns antwortet.

»WAS?!«, brüllt Dorrit.

»W-w-wir … wir …«, stottert Abbas, kommt aber nicht weiter.

Ich kann ihm nicht helfen. Ich bringe kein Wort heraus.

»Antwortet!«, sagt Dorrit wütend und kommt näher.

Sie sieht sich im Zimmer um: sieht unsere Sachen, die

überall verstreut sind, das Poster an der Wand, die verschobenen Möbel.

»Habt ihr euch in meiner Hütte eingenistet?! Ist es das? HÄ?«

Sie thront über uns.

»Jetzt steht endlich auf!«

Abbas und ich gehorchen, ohne einen Laut von uns zu geben.

Dorrit sieht wutentbrannt aus. Ihre Augen versprühen Hassblitze.

»Nicht genug, dass ihr hierherkommt und uns die Arbeitsplätze stehlt«, sagt Dorrit, »jetzt stiehlst du mir auch noch meine Hütte! Buchstäblich. Du machst es mir wirklich leicht, Abbas, das muss ich schon sagen.«

Als sie seinen Namen ausspricht, läuft es mir eiskalt über den Rücken.

»Ihr nehmt euch einfach, was ihr wollt ... Eine Schande ist das!«

Aus den Augenwinkeln sehe ich, wie Abbas den Kopf senkt. Ich stehe hilflos neben ihm. Ich sollte etwas sagen. Sagen, dass *ich* es war, die vorgeschlagen hat, uns in der Hütte einzurichten, dass ich Goldlöckchen bin. Aber ich schaffe es nicht.

Dorrit fixiert nur Abbas. Ganz so, als wäre ich nicht im Raum.

»Ich wiederhole: Was geht hier vor sich?«, fährt Dorrit fort.

Ihre Stimme ist jetzt ruhiger, aalglatt.

»Du machst es mir wirklich leicht, Abbas. Das verlangt

ganz klar nach einer Anzeige bei der Polizei, dann werden wir sehen, wie lange du noch in diesem Land bleiben darfst ...«

Was faselt Dorrit da?

Ich kriege immer noch kein Wort heraus. Kann mich kaum bewegen. Am liebsten würde ich Dorrit ans Schienbein treten, ganz fest. Das geschähe ihr recht. Ich weiß, dass wir etwas Unrechtes getan haben, aber die Böse hier ist sie.

»Hast du gar nichts vorzubringen, Abbas? Was sagst du zu deiner Verteidigung?«

Abbas schweigt.

»Hab ich's mir nicht gedacht? Es gibt nichts dazu zu sagen, außer dass du mit deiner Familie hierhergekommen bist, ihr euch gemästet habt und nun einfach Jobs und Häuser und Hütten an euch reißt. Als würden sie euch gehören, als wäre es euer gutes Recht. Weißt du was? Geh dahin zurück, wo du herkommst!«

Dorrit steigert sich weiter in ihre Wut hinein, ihre Stimme wird lauter:

»WO IMMER DAS IST! *Hier* gehörst du jedenfalls nicht hin!«

Ich fange an zu heulen. Meine Unterlippe zittert, und ich schluchze laut, aber Dorrit sieht mich auch jetzt nicht an. Sie starrt nur auf Abbas' Kopf, der immer noch gesenkt ist. Ich höre ihn leise schluchzen. Wir müssen hier weg.

»Abbas ...«, flüstere ich zwischen meinen Schluchzern. Er antwortet nicht.

»Ich glaube, als Erstes rufe ich die Polizei«, sagt Dorrit scharf.

Jetzt sieht Abbas mich an. Sein Gesicht ist nass. Ich suche seinen Arm, umschließe ihn, dann flüstere ich: »Lauf!«

Abbas nickt und rennt los. Ich renne hinter ihm her. Wir laufen auf Dorrit zu und drücken uns rechts und links an ihr vorbei. Ich kriege gerade noch mit, wie überrascht sie ist, aber sie kann uns nicht aufhalten. Kaum an ihr vorbei, merke ich, wie sie beinahe meine Strickjacke zu fassen kriegt, ich bin aber zu schnell.

Ich springe die drei Treppenstufen hinunter und folge Abbas in den Wald.

»STOPP! IHR ROTZGÖREN!«, schreit Dorrit und setzt uns nach.

Die Erde unter unseren Füßen ist so nass, dass sie sich wie ein Schwamm anfühlt, der meine Füße bei jedem Schritt festhält. Es ist wie in einem Traum, wenn du so schnell rennst, wie du kannst, aber nicht vom Fleck kommst. Abbas ist ein paar Meter vor mir, Dorrit direkt hinter mir. Abbas sieht die Wurzel nicht, die aus dem Boden ragt. Wie in Zeitlupe fällt er der Länge nach hin, direkt in die Fichtennadeln. Ich eile zu ihm und packe seinen Unterarm, versuche, ihn hochzuziehen, falle aber auf die Knie. Kleine Steinchen drücken sich in meine Haut. Als wir wieder auf die Beine gekommen sind und ich Abbas weiterziehen will, wird er in die entgegengesetzte Richtung gezogen. Dorrit hat uns eingeholt und zerrt an Abbas. Ich mache einen Satz auf sie zu und packe mit beiden Händen ihren Arm, um ihn von Abbas wegzuziehen. Sie ist sehr kräftig, und ihre Arme sind sehr stark, aber ich klammere mich daran fest. Ich hänge mich an Dorrits Arm und löse die Füße vom Boden. Das funktioniert! Mein Gewicht zwingt sie, Abbas loszulassen. Er steht auf und sieht mir direkt in die Augen.

»LAUF!«

Ich lasse Dorrits Arm los und spurte so schnell ich kann in den Wald. So schnell bin ich noch nie gelaufen. Schneller als beim Sechzigmeterlauf. Schneller als die Jungs in meiner Klasse, da bin ich mir sicher. Ich renne, bis ich hinten im Mund Blut schmecke. Als ich keine Luft mehr bekomme, schaue ich zurück. Keine Dorrit. Aber auch kein Abbas. Dabei hatte ich angenommen, Abbas sei die ganze Zeit hinter mir. Er muss in eine andere Richtung gelaufen sein, sicherlich nach Hause.

Erst jetzt merke ich, wie ich am ganzen Körper zittere. Ich japse nach Luft.

»Nora?«

Ich fahre zusammen.

»Was ist passiert?«

Es ist Oma. Ich schaue auf und stelle fest, dass ich am Waldrand bei ihrem Grundstück stehe. Ich mache ein paar wacklige Schritte auf sie zu.

»Schätzchen, was ist los?«, fragt Oma.

Ich kann nicht antworten. Ich kann nur weiter auf sie zugehen. Bis mein Körper an ihren stößt und ich spüre, wie mich die warmen Arme umschließen.

»Schätzchen«, sagt sie und streicht mir über den Kopf.

Wie eine Kugel liege ich auf dem Sofa. Oma deckt mich zu, bevor sie in die Küche geht. Mein Kopf hämmert wie wild. Ich zerquetsche das Smartphone zwischen den Händen. Abbas hat auf meine Nachricht nicht geantwortet. »*Bist du daheim? Alles okay?*«

Es ist zehn Minuten her, seit ich sie verschickt habe. Ich gebe ihm noch etwas Zeit, bevor ich vollständig in Panik gerate. Aber ich kann nicht aufhören, daran zu denken. Sind wir ihr entwischt? Oder ist Abbas etwas zugestoßen? Hat Dorrit ihn eingeholt? Oder hat er es vielleicht nach Hause geschafft, musste dann aber Sayed erzählen, was passiert ist, und jetzt ist die Kacke am Dampfen?

Vielleicht ist er traurig über Dorrits widerliche Worte und liegt ebenfalls wie eine Kugel auf dem Sofa.

Was für eine *Scheißkuh*.

Oma kommt mit einem Tablett und zwei Tassen Pfefferminztee zurück. Ich habe ihr noch nichts erzählt. Sie hat auch nicht gefragt. Oma hält die Teetasse in den Händen, die glühend heiß sein muss. Fast lautlos trinkt sie einen Schluck.

Ich überlege, ihr nichts zu erzählen, aber als ich auf das Handydisplay schaue, ist es immer noch leer, keine Nachricht von Abbas. Ich setze mich auf.

»Abbas und ich haben im Wald eine Hütte gefunden«, fange ich an.

Oma stellt die Tasse ab und hört zu.

»Schon vor langer Zeit«, sage ich, »fast ganz am Anfang des Sommers.«

»Dorrits Hütte?«, fragt sie.

Ich sehe sie an, nach einer Weile nicke ich.

»Dorrit«, sagt Oma, »die … ist nicht ganz ohne.«

»Ja«, sage ich.

Oma wartet geduldig auf die Fortsetzung.

»Wir dachten, dass sie niemandem gehört …«, sage ich, »oder zumindest … dass sie von niemandem *genutzt* wird. Wir haben uns darin eingerichtet. Dabei wusste Abbas letztendlich doch, dass sie Dorrit gehört.«

»Hm«, sagt Oma.

»Also haben wir beschlossen, sie nicht mehr zu benutzen, aber als es heute angefangen hat, so schlimm zu regnen, sind wir doch hingerannt, und dann sind wir eingeschlafen … und dann …«

Ich denke zurück, wie perfekt der Tag bis dahin gewesen war, bis zu dieser Sekunde …

»Kam Dorrit«, flüstere ich.

Oma sitzt ganz ruhig da.

»Verstehe. Und sie hat sich nicht gerade gefreut, euch zu sehen?«

»Nein«, antworte ich. »Sie war stinkwütend.«

Während ich weiterrede, schaue ich zu Boden.

»Sie hat uns angeschrien, oder vor allem Abbas. Sie hat gemeine Sachen gesagt, dass Sayed und er hierhergekommen sind und den Leuten Jobs wegnehmen und dass Abbas ihre Hütte gestohlen hat. Und dass sie hier nicht hingehören.«

Zum ersten Mal ändert sich Omas Gesichtsausdruck. Ihr ganzes Gesicht spannt sich an.

»Das wundert mich nicht«, sagt sie. »Und was ist dann passiert?«

»Wir sind weggerannt«, sage ich, »aber Abbas ist hingefallen, und Dorrit hat ihn an der Schulter gepackt. Und dann haben wir uns losgerissen und sind weitergerannt, dabei haben wir uns gegenseitig verloren, und jetzt ...«

Omas Blick verengt sich, als sie den Kopf schief legt.

»Was hast du gemacht?«, fragt sie.

Ich sehe sie an. Verstehe nicht, was sie meint.

»In der Hütte«, sagt Oma. »Als Dorrit kam. Was hast du gemacht, als sie Abbas angeschrien hat?«

»Nichts«, rutscht es mir heraus. »Ich habe mich nicht gerührt.«

Oma beeilt sich zu lächeln. Ein kurzes Lächeln.

»Das war eine schwierige Situation«, sagt sie.

Das stimmt. Und es ging alles so schnell. Aber ich hätte Dorrit ans Schienbein treten sollen. Oder ...

»Ich hätte etwas sagen sollen«, sage ich leise.

»Ja ... und nein«, sagt Oma. »Gegen Unrecht sollte man sich immer erheben. Den Mund aufmachen. Gleichzeitig ist Dorrit erwachsen, und ich weiß, wie wütend sie werden kann.«

Sie mustert mich weiterhin, dann fragt sie:

»Dass Dorrit Abbas anschreit und nicht dich ... Nora, dir ist klar, dass das kein Zufall ist?«

Ich nicke.

»Und dir ist klar, dass du mit Sachen davonkommst, mit denen Abbas nicht davonkommt?«

Ich antworte nicht.

»Weil du so aussiehst, wie du aussiehst.«

»Okay …«, sage ich.

Das hier ist schlimmer, als ausgeschimpft zu werden. Omas Worte beschämen mich. Ich kriege ein schlechtes Gewissen. Abbas hat es ja selbst gesagt: dass es für ihn schlimmer ausgehen wird als für mich, wenn Dorrit uns entdeckt. Trotzdem habe ich darauf bestanden, dass wir dorthin gehen, ein allerletztes Mal.

»Nora«, sagt Oma und beugt sich zu mir vor, um mir den Arm zu streicheln. »Das wird wieder. Was ihr gemacht habt, war verkehrt, das schon, aber nicht illegal …«

Und in dem Moment fällt mir das Schlimmste ein.

»Dorrit hat gesagt, sie würde Abbas bei der Polizei anzeigen, damit er nicht in Norwegen wohnen bleiben kann.«

»Was hat sie gesagt?!«, fragt Oma und springt auf.

Sie stürmt aus dem Zimmer. Gleich darauf höre ich sie telefonieren. Ich kriege nicht mit, was sie sagt, aber ich merke, dass sie streng und aufgeregt klingt.

Ich lasse mich auf dem Sofa nach hinten fallen. Decke mich gut zu.

Wird Abbas meinetwegen aus dem Land geworfen? Er ist doch Norweger. Menschen, die in Norwegen geboren sind oder vom Staat das Recht bekommen haben, hier zu sein, können nicht einfach wieder hinausgeworfen werden, wenn sie einen kleinen Fehler machen.

Einen Fehler, der noch dazu meiner war.

Aber Dorrit kann trotzdem Anzeige erstatten, und wir können Ärger bekommen. *Abbas* kann Ärger bekommen. Ich habe das Gefühl, dass Dorrit meinen Namen bei der Anzeige weglassen wird.

Oma kommt zurück. Sie bleibt in der Tür stehen und atmet auf.

»Dorrit erstattet keine Anzeige«, sagt sie.

Ich richte mich auf.

»Nicht?«

»Nein«, sagt Oma, »natürlich nicht. Damit kommt sie sowieso nicht weit, ihr seid minderjährig. Aber ich bin eben schon ganz schön nervös geworden, das muss ich zugeben.«

Sie plumpst auf den Stuhl.

»Die dumme Nuss sagt, dass sie eine Entschuldigung verlangt, aber ich habe sie aufgefordert, mal die Luft anzuhalten.«

Oma sieht plötzlich müde aus. Sie dreht sich zu mir.

»Das wird schon wieder, Nora«, sagt sie.

Ich weiß nicht, ob ich Oma glauben kann, aber ich nicke.

Den Rest des Abends sehen wir fern und essen im Wohnzimmer. Ich kriege nicht mit, was auf dem Bildschirm passiert, obwohl ich ihn anstarre. Meine Gedanken sind völlig woanders. In regelmäßigen Abständen checke ich mein Handy. Ich habe fünf Nachrichten geschickt, auf die Abbas nicht geantwortet hat:

»Alles okay bei dir?«

»Voll krass. Dorrit ist verrückt!«

»Ist dein Vater sauer auf dich?«
»Alles okay bei dir?«
»Sehen wir uns morgen?«

14

Abbas antwortet nicht. Das schlechte Gewissen flutet in kleinen Wellen meinen Brustkorb.

»Ich gehe ins Bett«, sagt Oma und steht auf. »Du kannst heute Nacht gern hier schlafen, wenn du willst. Ich richte oben das Bett für dich her.«

»Okay«, sage ich.

Ich werde sowieso nicht schlafen können, egal, wo ich liege.

Nach ein paar Minuten kommt Oma wieder herunter. Sie legt etwas auf den Couchtisch vor mir. Einen Briefumschlag.

»Der lag auf deinem Nachttisch. Der ist wohl für dich.« Dann geht sie wieder. Eine Weile starre ich den Briefumschlag an, bevor ich mich erinnere: Mamas Brief. Den sie vor der Abreise unter meiner Tür durchgeschoben hat. Dass ich das vergessen konnte! Ich spüre einen weiteren Stich in der Brust. Ich mache den Umschlag auf und ziehe den Brief heraus.

»Mein geliebter Spatz – Du bist so groß geworden! Und

jetzt fährst Du in die Sommerferien, ganz allein. Oma und ich sind nicht immer einer Meinung, wie Du weißt, aber ich habe das Gefühl, dass Ihr zwei womöglich einiges gemeinsam habt. Es ist jedenfalls an der Zeit, dass Ihr Euch richtig kennenlernt. Es ist wichtig zu wissen, wo man herkommt, auch wenn der Ort nicht immer perfekt ist. So begreift man mit der Zeit, wer man ist. Ich denke, das wird Dir guttun, Nora. Und wer weiß, vielleicht wird es ja der beste Sommer aller Zeiten? Ich habe Dich ganz doll lieb. Mama.«

Ich lese den Brief zwei Mal. Plötzlich vermisse ich Mama so heftig, dass ich am ganzen Körper Schmerzen empfinde. Ich nehme mein Handy und schreibe:

»Hallo, Mama, ich vermisse Dich und bin nicht mehr wütend. Es ist so viel passiert, dass ich Dir nicht alles per Handy schreiben will, aber wir können vielleicht morgen telefonieren? Küsschen von Deinem Spatz.«

Kaum habe ich auf *Senden* gedrückt, taucht unter der Nachricht ein kleines Symbol auf, das zeigt, dass Mama sie gelesen hat. Es dauert etwas, bis sie antwortet, vielleicht muss sie die Nachricht mehrmals lesen. Dann schreibt sie:

»Nora, Mäuschen! Danke, dass Du mir schreibst! Es tut so gut, von Dir zu hören. Lass uns morgen telefonieren! Gute Nacht, mein Spatz, ich hab Dich lieb.«

Ich drücke das Handy ganz fest, als wäre es Mamas Hand, und weiß, was für ein Glückspilz ich bin, meine Mama zu haben. Und meine Oma. Und Abbas. Der keine

Mama hat. Es war dumm von mir, ihm nicht sofort von Soraya zu erzählen. Es war gemein von mir, ihm nicht das Album zu zeigen, denn er hat zumindest ein Erinnerungsfoto verdient, wenn er sie schon nicht im Leben haben kann.

Ich weiß, was ich tun muss.

Es geht auf Mitternacht zu. Ich stehe auf und schleiche mich an Omas Schlafzimmer vorbei. Die Tür steht einen Spaltbreit offen, und ich höre leises Schnarchen.

In meinem Zimmer im weißen Häuschen packe ich alles in meinen Rucksack, was wir brauchen, zwei dicke Decken, ein Kissen, das wir uns teilen können, massenhaft Kekse und eine große Flasche Saft. Obendrauf kommt das Fotoalbum mit Sorayas Foto.

Ich habe Abbas eine letzte Nachricht geschickt und ihm gesagt, dass ich ihn abholen werde, sobald es dunkel wird. Er hat nicht geantwortet.

Ich weiß nicht genau, wo er wohnt, aber ich habe eine ungefähre Vorstellung. Irgendwo jenseits der Wiese. Er hat erzählt, dass es dort einen Pfad gibt, der durch ein kleines Wäldchen führt und in einem Wohngebiet mit niedrigen Holzhäusern endet.

Erst als ich im Wald bin, merke ich, wie dunkel es tatsächlich ist. Nicht stockfinster, da Sommer ist, aber so dunkel, dass ich die Taschenlampe an meinem Handy anmachen muss. Es ist etwas gruselig, wenn der Lichtstrahl über die Baumstämme huscht, ich habe Angst, dass mir plötzlich zwei Augen entgegenleuchten. Darum strahle ich nur den Boden vor meinen Füßen an.

Der Weg zur Wiese ist eigentlich ganz kurz, aber jetzt kommt er mir lang vor. Vielleicht laufe ich langsamer als sonst. Nicht weil ich es will, sondern weil es sich plötzlich fremd anfühlt, nachts hier zu sein. Ich habe mich nie im Dunkeln gefürchtet, was vielleicht auch daran liegt, dass es in der Stadt nie richtig dunkel wird. Auch jetzt habe ich keine große Angst, es ist nur so, dass das, was ich vorhabe, so wichtig ist.

Endlich bin ich bei der Wiese angelangt. Ich überquere sie, aber als ich zum Wald dahinter komme, werden meine Füße langsamer. Hier bin ich noch nie gewesen. Vielleicht kriege ich erst jetzt richtig Angst. Ich finde den Pfad, von dem Abbas erzählt hat, und leuchte mir mit der Taschenlampe. Ich hoffe, es ist der richtige Weg. Ich muss mich konzentrieren, um nicht in die Dunkelheit um mich herum zu starren, sondern den Blick auf dem Lichtstreifen und dem Pfad vor mir zu belassen.

Ich rufe mir meinen Plan in Erinnerung, warum ich hier durch die Dunkelheit laufe. Im Rucksack habe ich alles, was wir brauchen, um ein paar Tage draußen zu überleben. Wenn wir allein sind, kann ich ihm das Album mit dem Foto von Soraya zeigen. Ich weiß nicht, ob das als Wiedergutmachung für alles taugt, aber bestimmt ist es ein Anfang.

Plötzlich habe ich den Wald hinter mir gelassen. Vor mir liegt ein Wohngebiet mit niedrigen Häusern. Es sind mehr, als ich erwartet habe. Wie ein Einbrecher schleiche ich mich an den Häusern vorbei und schäme mich auf einmal, als mir einfällt, dass ich nicht zum ersten

Mal fremde Grundstücke oder anderer Leute Häuser betrete. An den meisten Häusern stehen Namen auf den Briefkästen oder an den Gartentürchen, und am zweitletzten Haus in der Straße stehen drei Namen auf einem kleinen Schild: *Sayed*, *Abbas* und *Kamal*.

Die Uhr auf meinem Handy zeigt 00:53. Das Haus ist braun und niedrig. Der Garten still. Eine kleine Außenleuchte erhellt die Haustür. Das Tor knarrt laut, als ich es aufdrücke. Nervös schaue ich zum Haus. Drinnen gehen keine Lichter an. Vorsichtig laufe ich durch den Garten. Wenn ich mich auf die Zehenspitzen stelle oder kurz hochspringe, kann ich durch die Fenster schauen. Das Wohnzimmer hat drei Fenster. Nachdem ich um zwei Ecken gebogen bin, finde ich die Schlafzimmer. Ich springe am ersten Fenster hoch. Ein Vorhang verdeckt den ganzen Raum. Das nächste Fenster ist gekippt. Das Rollo wurde fast ganz heruntergelassen. Ich schleiche zu ihm und mache mich ganz lang. Im Zimmer ist es dunkel, aber am Fenster kann ich einen Schreibtisch erkennen, und weiter hinten stehen ein Schrank und ein Bett. Unter der Decke lugt ein zerzauster schwarzer Haarschopf hervor.

Ich lasse meinen Blick durch das Zimmer schweifen. Ja, es muss Abbas gehören. Schlimmstenfalls Kamal, aber auf gar keinen Fall Sayed. Ich glaube nicht, dass Sayed Fußballposter an der Wand hängen hat und auf einem Regal Pokale ausstellt.

»Abbas?«, zische ich.

Die Gestalt im Bett bewegt sich. »Nora?«

Abbas setzt sich auf.

»Schläfst du?«, zische ich laut.

Abbas antwortet nicht, kommt aber zum Fenster und zieht das Rollo ganz nach oben.

»Was machst du hier?«

»Ich ...«, stottere ich, »ich ...«

Mir tun vom Stehen auf den Zehenspitzen die Füße weh.

»Es ist mitten in der Nacht«, sagt Abbas. »Was willst du?«

Abbas' Stimme klingt schroff.

»Abhauen«, platzt es aus mir heraus. »Schau!« Ich zeige auf den Rucksack mit der ganzen Ausstattung. »Weg von allem hier.«

»Bist du verrückt?«, fragt Abbas.

»Hihi ...«, lache ich, weil ich annehme, dass er Spaß macht.

Aber dann merke ich, dass er mich mit seinen großen runden Augen anschaut. Sie scheinen fast zu beben.

»Nein«, antworte ich endlich. »Ich bin nicht verrückt.«

Abbas schnaubt.

»Du verstehst gar nichts«, sagt er.

»Abbas«, sage ich, »ich verstehe, dass das, was in der Hütte passiert ist, ungerecht war. Das *verstehe* ich. Ich hätte den Mund aufmachen müssen, und das bereue ich. Aber Dorrit wird keine Anzeige erstatten! Die Sache ist erledigt. Wir können wieder von vorn anfangen ...«

»Nein«, sagt Abbas. »Für mich ist die Sache nicht erledigt.«

»Doch. Ich verspreche es dir.«

»Es ist ja nicht nur Dorrit, Nora. Es ist überall. Ich weiß nie, wer auf meiner Seite ist. Wer gegen mich ist, wer nicht mag, dass ich hier bin.«

»Ich mag dich.«

Abbas stöhnt.

»Du verstehst das nicht.«

»Doch.«

»Nein.«

Ich will es einfach nur wiedergutmachen, das ist alles, was ich will.

»Ich will dir etwas zeigen«, sage ich.

Abbas wechselt die Position.

»Wovon redest du?«

»Ich zeige es dir«, sage ich, »wenn wir im Wald sind.«

»Nora!«, sagt Abbas entschieden. »Ich gehe nicht mit dir in den Wald.«

Ich mache den Mund auf und wieder zu.

»Für mich ist das alles kein Spiel«, fährt Abbas fort. »Verstehst du das nicht?«

Ich kann kaum hören, was er sagt. Ich war so sicher gewesen, dass alles wieder in Ordnung käme, sobald wir uns in die Augen schauen würden. Er würde mit mir zusammen in den Wald gehen, und alles wäre wieder so wie vorher, oder noch besser. Aber ich spüre, wie sauer er ist.

Ich weiß nicht, was ich machen soll, daher mache ich es noch schlimmer:

»Deine Mutter ist nicht an einem Herzstillstand gestorben, Abbas.«

Ich werfe ihm die Worte hin. Und weiß sofort, dass es ein Fehler ist. Abbas sieht mich an, ohne dabei zu blinzeln. Als bräuchte er nie wieder zu blinzeln.

»Was soll das heißen?«, fragt Abbas.

Ich setze den Rucksack ab und mache ihn im gleichen Schwung auf. Das Fotoalbum liegt ganz oben. Ich nehme es heraus und reiche es Abbas. Ich kann sehen, dass er es erkennt.

»Omas Album«, sage ich, »mit Fotos aus Afghanistan.«

Abbas streckt die Hand danach aus und nimmt das Fotoalbum entgegen. Er zieht es zu sich heran.

»Mit einem Foto von deiner Mutter«, füge ich hinzu.

Abbas wirft mir einen kurzen Blick zu.

»Soraya«, sage ich.

Ich will nur eins: Abbas wieder glücklich machen.

Doch als er auf das Album starrt, atmet er plötzlich schneller.

»Warum sagst du, dass sie nicht an einem Herzstillstand gestorben ist?«

»Weil …«, stottere ich, »weil sie in Afghanistan gestorben ist. Es war eine Bombe.«

»Nora«, sagt Abbas, »du redest Blödsinn.«

»Das ist kein Blödsinn!«, sage ich. »Es ist die Wahrheit! *Deine* Wahrheit!«

Abbas' Augen sind groß und feucht.

»Sie ist zusammen mit Oma nach Afghanistan gereist«, sage ich.

Ich rede schnell.

»Dort hat sie als Dolmetscherin für Oma gearbeitet, an

einem Auftrag für eine Zeitung, aber dann war sie auf dem Basar, als eine Bombe hochging.«

Die Geschichte klingt plötzlich ganz simpel. Als würde ich erzählen, was ich gerade zu Abend gegessen habe.

»Du lügst«, sagt Abbas.

»Nein!«, schreie ich.

Abbas schüttelt den Kopf.

»So ist deine Mutter gestorben!«, sage ich. »Nicht an einem Herzstillstand! Dein Vater hat dich angelogen. Das ist die Wahrheit.«

Erst jetzt beginnen seine Tränen zu laufen.

Ich weiß nicht, was ich erwartet hatte. Doch. Dass Abbas sich freut. Dass er dankbar ist, endlich die Wahrheit zu erfahren und die Fotos von seiner Mutter zu sehen. Dass das nach diesem schrecklichen Tag vielleicht helfen würde. Dass alles wieder gut wird.

»Ich will, dass du gehst«, sagt Abbas.

»Aber …«, stammele ich.

»Nein. Ich will, dass du gehst«, wiederholt Abbas.

»Okay«, sage ich, »vielleicht sehen wir uns …«

Morgen, wollte ich sagen. Aber Abbas würgt mich ab.

»Nein«, sagt er, ohne nachzudenken. »Ich will dich nie wieder sehen.«

Ich spüre die Tränen kommen und kann mich gerade noch rechtzeitig umdrehen, damit er sie nicht sieht.

Mit raschen Schritten gehe ich durch den Garten, dann fange ich an zu rennen. Auf dem Weg um die Hausecke falle ich hin, aber das kann Abbas unmöglich gesehen haben. Wie eingebildet von mir, zu glauben, dass er mir überhaupt hinterherschaut. Er hat das Fenster längst wieder zugemacht und das Rollo heruntergelassen. Endgültig. Er hat mich schon vergessen.

Das Gartentor knarrt laut. Ich schlage es hinter mir zu und renne die Straße entlang. Hinein in den Wald, bis zur Wiese und dann weiter, ohne darüber nachzudenken, in welche Richtung ich laufe. Plötzlich bin ich bei der Hütte. Hinter den Gardinen brennt gedämpftes Licht. Ich bleibe stehen. Dort drinnen sitzt Dorrit. Dort drinnen sitzt die Frau, die alles kaputtgemacht hat. In mir kochen alle möglichen Gefühle hoch.

Entschlossen gehe ich auf die Hütte zu. *Unsere* Hütte. Ich lege die Hand auf die Klinke. Am liebsten würde ich kräftig gegen die Tür treten, dagegenhämmern und schreien, dass ich sie hasse. Ich tue es aber nicht.

Ich lasse die Türklinke los und drehe mich um, zum Wald, wo er am dichtesten ist. In die entgegengesetzte Richtung zu Abbas, zur Wiese und zu Omas Haus. Und dann renne ich. Den ganzen Weg, ohne anzuhalten. Der Rucksack auf dem Rücken schneidet mir in die Schultern, aber ich bleibe nicht eher stehen, bis ich auf dem kleinen Hügel angekommen bin und hinunter zum See schaue.

Ich erlebe das gleiche Gefühl wie damals, als ich den See zum ersten Mal gesehen habe. Er ist immer noch magisch. Aber es gibt da noch etwas anderes. Etwas, was ich nicht richtig erklären kann. Als wäre all das Fantastische auch traurig. Irgendwie vermatscht. Wie der Grund des Sees.

Ich gehe den kleinen Abhang hinunter zu unserer Fichte.
Ich bin mit meinen Kräften am Ende. Aber nachdem ich
aus der Decke und dem Kissen ein kleines Bett herge-
richtet und mich hingelegt habe, bin ich plötzlich hellwach.

Es ist jetzt heller als beim Losgehen vorhin, obwohl es
immer noch mitten in der Nacht ist. Mein Akku ist fast
leer, nachdem die Taschenlampe so lange an war. Kein
Mensch hat angerufen oder geschrieben. Abbas … Abbas
wird mir nie wieder eine Nachricht schicken.

Das Display wird schwarz. Ich bin ganz allein. Eine Eule
heult. Eigentlich habe ich keine Angst. Das, wovor ich
mich am allermeisten gefüchtet habe, ist schon einge-
treten: Abbas will nicht mehr mit mir reden.

Meine Augen brennen, als ich sie schließe. Ich dachte,
ich würde nicht schlafen können, aber völlig entkräftet
schlafe ich fast auf der Stelle ein.

Das Erste, was ich beim Aufwachen sehe, sind Abbas'
Sneakers. Um mich herum ist es hell, Abbas steht da
und schaut mich an. Er sagt nichts.

»Hallo«, murmele ich.

Ich setze mich halb auf und stütze mich auf die Ellbo-
gen. Abbas dreht sich um und ruft:

»Sie ist hier!«

Ich entdecke Oma, die den Pfad herunterkommt, Sayed
und Kamal sind ihr dicht auf den Fersen.

»Nora!«, schreit Oma.

»Abbas?«, sage ich.

Er dreht mir halb das Gesicht zu.

»Entschuldigung«, sage ich.

Er antwortet nicht. Oma, Sayed und Kamal sind bei der Fichte angekommen, Oma beugt sich zu mir herunter.

»Nora?«, sagt sie. »Kommst du heraus?«

Abbas dreht mir den Rücken zu. Ich sammle meine Sachen zusammen und krabbele hinaus. Oma sieht fix und fertig aus. Hinter den großen Brillengläsern hat sie dunkle Augenringe. Schwer zu sagen, ob sie wütend ist. Es sieht so aus, als würde sie mit dem einen Mundwinkel lächeln und wäre mit dem anderen sauer.

»Danke, Abbas«, sagt Oma.

Sayed nickt Abbas zu als Zeichen, dass sie gehen sollen.

»Wir bleiben in Kontakt«, sagt er zu Oma.

Oma nickt. Nur Kamal starrt mich ungeniert an, die anderen weichen meinem Blick aus.

Sayed, Kamal und Abbas machen sich auf den Heimweg. Oma bleibt stehen und wippt mit den Zehen.

»Hast du alles?«, fragt sie schließlich.

»Ja.«

Abrupt dreht sie sich um und geht mit raschen Schritten den Pfad hinauf. Ich renne hinter ihr her, fast überrascht darüber, dass nach dem schrecklichsten Tag in meinem Leben ein neuer Tag gekommen ist. Was passiert jetzt? Geht alles so weiter wie vorher? Und damit meine ich, bevor ich Abbas kennengelernt habe. Soll ich so weitermachen, als wäre diesen Sommer nichts passiert?

Am ersten Tag, nachdem Abbas mich am See gefunden hat, mache ich nichts. Ich bleibe in meinem Zimmer. Tue nichts anderes, als ihn zu vermissen und mich zu fragen, wie es ihm geht, ob er traurig ist. Aber ich schicke ihm keine Nachricht, um nachzufragen.

Am zweiten Tag rufe ich Mama an, und wir reden zum ersten Mal seit mehr als einem Monat miteinander. Es gibt so vieles, was sie nicht weiß, und ich erzähle ihr alles. Von Abbas, von der Hütte, vom See. Mama gibt sich Mühe, mich nicht so oft zu unterbrechen wie sonst. Sie stellt einfach nur die richtigen Fragen, wie zum Beispiel:

»Hast du diese blöde Dorrit an den Haaren gezogen?«

»Nein«, räume ich ein, »ich habe nichts getan, ich bin so dumm.«

»Nora, mein Schatz«, sagt Mama, »es ist nicht immer so leicht.«

Das stimmt. Oft ist es ganz schwer.

Ich erzähle ihr, was hinterher passiert ist, dass ich Abbas von Soraya erzählt habe. Daraufhin schweigt Mama ziemlich lange. Sie denkt nach, bevor sie sagt, Abbas wird mir sicher verzeihen. Ich sage »Ja«, obwohl ich es nicht glaube.

Wir reden und reden, bis mein Akku leer ist. Aber als sie am anderen Ende verschwindet, geht es mir trotzdem besser, es hat geholfen, ihre Stimme zu hören.

Sie hat gefragt, ob ich nach Hause will, ob sie mich wie vereinbart abholen soll. Und obwohl ich mich ziemlich mies fühle, habe ich Nein gesagt. Ich will hierbleiben. Ich schaffe es vielleicht nicht, den Mund aufzumachen, aber ich habe nicht vor, zusätzlich noch abzuhauen. Außerdem ist von den Sommerferien nur noch eine Woche übrig, sieben Tage, bevor ich sowieso meine Tasche packen und abreisen muss.

Ich verlasse das weiße Häuschen. Oma steht im Gemüsegarten, über Erbsenpflanzen gebeugt. Als sie mich kommen hört, richtet sie sich auf. Fast gleichzeitig fährt ein Auto auf den Hof. Das Auto ist alt und groß, so wie Omas, nur grün. Es hält mitten auf dem Hof an, und ich erstarre, als ich sehe, wer am Steuer sitzt: Dorrit.

Oma legt mir eine Hand auf die Brust, wie um mir zu signalisieren, dass ich keine Angst haben muss, dann geht sie Dorrit entgegen. Mein Herz schlägt schneller, auf die fiese Art.

Sie geben sich nicht die Hand, als Dorrit aussteigt, aber Dorrit hält Oma eine Tüte hin, und Oma nimmt sie entgegen. Dann sagt sie etwas, was ich nicht höre, und Oma antwortet kurz angebunden, schüttelt dabei den Kopf.

Es ist ganz schrecklich, Dorrit wiederzusehen. Ich hasse sie, und gleichzeitig habe ich eine Heidenangst vor ihr. Ich würde ihr am liebsten sagen, was ich von ihr halte, dass sie eine bescheuerte Rassistin ist. Das würde ich ihr gern entgegenschreien, aber ich rühre mich nicht von der Stelle.

Oma beginnt zu gestikulieren, und die Stimmen werden lauter, sodass ich jetzt höre, was sie sagen.

»Du weißt, was ich verlange!«, brüllt Dorrit.

»Es gibt keine Entschuldigung!«, schreit Oma zurück. »Ich weiß, dass du als Troll in den Kommentarspalten dein Unwesen treibst, Dorrit. Du bist dichter an einer Anzeige als irgendwer sonst hier in der Gegend!«

Darauf hat Dorrit keine Antwort, aber ich kann von hier aus sehen, wie sie Oma mit zusammengekniffenen Augen anschaut. Dann geht Oma um Dorrit herum zum Heck des Wagens und macht den Kofferraum auf. Sie nimmt etwas heraus, und als sie wieder zum Vorschein kommt, hat sie noch eine Tüte in der Hand. Sie geht wieder um Dorrit herum und sagt erst »Tschüss«, als sie mehrere Meter von ihr weg ist, dreht sich nicht einmal mehr um. Dorrit murmelt etwas, setzt sich ins Auto und fährt davon.

»Eure Sachen«, sagt Oma zu mir.

Sie stellt die Tüten auf den Boden.

»Die von Abbas auch?«

»Ja, Dorrit wollte sie selbst bei ihm abgeben, aber das habe ich verhindert.«

Mein Puls ist wieder auf dem Weg nach unten. Ich kann

nur erahnen, wie viel Schiss Abbas gehabt hätte, wenn Dorrit plötzlich auf ihrer Treppe aufgetaucht wäre.

»Sayed gegenüber traut sie sich nicht, so forsch aufzutreten«, sagt Oma. »Ich glaube trotzdem nicht, dass es eine gute Idee ist, wenn sie jetzt schon aufeinandertreffen.«

»Und sie hat auf dich gehört?«

»Na ja«, antwortet Oma und schnappt sich die kleine Hacke, die sie zum Unkrautjäten verwendet, »sie hatte keine andere Wahl.«

Ich starre auf die Tüte mit Abbas' Sachen. Vielleicht sollte ich sie ihm vorbeibringen. Aber er hat ja gesagt, dass er nie wieder mit mir reden will.

»Du kannst es doch versuchen«, sagt Oma, als wüsste sie, woran ich denke.

Ich denke eine ganze Stunde lang darüber nach, dann nehme ich die Tüte und laufe mit ihr durch den Wald, über die Wiese und durch das kleine Wäldchen. Von dort aus brauche ich noch einmal fast genauso lang für den kurzen Weg an all den Häusern vorbei, bis zum Ende der Straße. Sosehr ich mich nach Abbas sehne, sosehr fürchte ich seine Reaktion.

Als ich am Gartentor stehe, höre ich Geräusche von hinter dem Haus. Kamal jauchzt und johlt. Fast ohne dass ich es mitbekomme, geht die Tür auf.

»Nora?«

Es ist Sayed.

Ich mache einen Satz zur Seite, als wollte ich mich hinter dem Busch verstecken, gleichzeitig schaffe ich es, ihm die Tüte mit den Sachen hinzuhalten.

»Das sind Abbas' Sachen.«

Sayed kommt auf mich zu.

»Danke.«

Ich kann unmöglich erkennen, ob er wütend ist oder nicht, glücklich ist er jedenfalls nicht.

»Ist ...«

Ich unterbreche mich selbst.

»Ist noch was?«, fragt Sayed.

Sein Blick ist offen. Als könnte ich was auch immer sagen und er würde genauso reagieren. Aber ich sage nichts, schüttle nur den Kopf. Er lächelt kurz mit einem Mundwinkel, bevor er sich umdreht und wieder ins Haus geht. Von Kamal ist ein Johlen zu hören. Ich bleibe stehen und horche, ob sonst noch jemand johlt oder lacht, aber da ist nur Kamal.

Schnell gehe ich durch das kleine Wäldchen zurück zur Wiese. Ich gehe nicht langsamer, schaffe es aber noch, mich umzuschauen und daran zu denken, dass es das letzte Mal ist, dass ich hier bin, plötzlich:

»Nora!«

Ich fahre herum. Abbas steht am Waldrand. Er kommt mit raschen, fast hitzigen Schritten auf mich zu. Ich freue mich so, ihn zu sehen, dass ich einfach lächeln muss. Ich strahle ihn an. Die Sonne trifft auf seine grünen Augen, sodass auch diese strahlen, obwohl sein restliches Gesicht ernst ist.

»Hallo!«, sage ich. Er ist nur wenige Meter von mir entfernt.

Abbas bleibt stehen, antwortet aber nicht. Erst jetzt entdecke ich die dunklen Ringe unter seinen Augen. Wie fertig er aussieht, todmüde. Wie bescheuert von mir, hier zu stehen und zu lächeln.

Ich gehe einen Schritt auf ihn zu, und er weicht einen zurück. Das macht mich plötzlich so nervös, wie ich es mit ihm zusammen noch nie war. Ich habe ihn verloren, das weiß ich, aber wenn es nur den Hauch einer Chance gibt, ihn zurückzubekommen, dann jetzt.

Ich hole ganz tief Luft.

»Abbas. Du bist der beste Mensch, den ich je getroffen habe. Und … ich hätte den Mund aufmachen sollen … als Dorrit dich angemotzt hat, auch schon im Café, weil es falsch und ungerecht war. Und eigentlich weiß ich, dass es für dich anders ist als für mich, und ich hätte was sagen müssen, ich … Manchmal ist es einfach so schwierig.«

Abbas starrt mich an. Sein Gesichtsausdruck ist unmöglich zu deuten. Ich rede einfach weiter:

»Manchmal … ist es besser, Dinge nicht anzusprechen. Wenn sie wehtun. Dachte ich. Aber jetzt weiß ich, dass das nicht stimmt. Dass man die Wahrheit sagen und ehrlich sein soll, auch wenn die Wahrheit traurig ist. Darum habe ich dir das von deiner Mutter erzählt. Aber mir ist klar, dass das auch falsch war und … obwohl es die Wahrheit war, und …«

Ich japse nach Luft, habe noch mehr auf dem Herzen, aber Abbas würgt mich ab:

»Die Wahrheit ist, dass meine Mama tot ist, und deine Oma ist daran schuld.«

Er sagt es ganz ruhig.

»So ist es einfach, und ich weiß nicht, ob ich das verzeihen kann.«

Ich fühle mich, als würde die Luft mit einem Stock aus mir herausgeprügelt. Ich weiß nicht, ob ich überhaupt atme.

»Entschuldigung«, flüstere ich.

Es scheint so, als wollte Abbas noch etwas sagen, aber dann dreht er sich abrupt um und geht.

Ich habe keine Ahnung, wie lange ich dort so stehen bleibe, fast meine ich aber zu spüren, wie die Sonne von einer Schulter zur anderen wandert. Am Ende schaffe ich es irgendwie, mich umzudrehen, und wie eine Schnecke krieche ich durch den Wald zurück zu Omas Haus. Mit letzter Kraft schaffe ich es, die Tür zu dem weißen Häuschen zu öffnen, den Weg zum Bett zu finden und mich auf die Decke zu legen. So bleibe ich liegen, auf der Seite, und starre auf die Ordner mit all den Erzählungen, die wahre Geschichten sind. Berichte über die grausamsten Ereignisse, die Oma unbedingt erzählen musste. Aber ich werde daraus nicht schlauer, denn manchmal ist es wichtig, die Wahrheit zu sagen, und manchmal tut sie einfach nur weh.

Es vergeht mindestens eine Stunde, bis ich zusammenzucke, weil Oma an den Türrahmen klopft.

»Alles in Ordnung mit dir?«, fragt sie.

Ich bewege keinen einzigen Muskel.

»Was hat Abbas gesagt?«

»Dass du seine Mutter umgebracht hast«, sage ich.

Abrupt dreht sie sich um und stapft aus dem Zimmer. Ich höre, wie die Tür zugeschlagen wird und dann der Pick-up vom Hof rast. Der Motorlärm wird von Vogelgezwitscher und dem Rauschen der Bäume im Wind ersetzt. So wie es in der Stadt niemals richtig dunkel wird, wird es auch niemals ganz still, aber hier auf dem Land sind Vogelgezwitscher und der Wind in den Baumwipfeln genau das: *Stille*.

16

Als Oma Stunden später zurückkommt, liege ich noch in der gleichen Position auf der Decke im Bett. Sie stellt das Auto ab und schlägt die Tür laut zu. Zuerst glaube ich, dass sie zu mir kommt, aber dann höre ich ihre Schritte auf der Terrasse und kurze Zeit später, wie die Tür zum roten Haus zugezogen wird. Ich drehe mich auf den Rücken und starre zur Decke. Suche unter den Gesichtern dort oben. Abbas schaut aus seiner Ecke auf mich herab. Sein Gesichtsausdruck ist ernst. Ich betrachte ihn im Halbdunkel, bis meine Lider so schwer werden, dass ich mich zwingen muss, sie aufzuhalten.

Ich werde davon geweckt, dass Oma sich zu mir aufs Bett setzt. Sie streicht mir über die Stirn. Ich reibe mir lange die Augen, bevor ich sie anschaue.

»Es gibt Essen«, sagt sie.

Mein Körper ist so schwer, dass es noch eine Viertelstunde dauert, bis ich aus dem Bett komme und mich zu Oma auf die Terrasse schleppe. Der Tisch ist gedeckt, als sei der König eingeladen. Frische Brötchen und Berge an Käse und Aufschnitt. Es ist nicht etwa so, dass es anders wäre als sonst, aber es fühlt sich falsch an, weil all das Gute nicht mit den Gefühlen in mir drin übereinstimmt. Ich setze mich, bringe es aber noch nicht fertig, mir von dem Essen zu nehmen.

»Ich habe mit Abbas gesprochen«, sagt Oma.

Sein Name jagt Wellen durch meinen Körper.

»Er war furchtbar sauer auf mich«, fährt sie fort, »das hätte ich mir denken können.«

Da ich nicht weiß, was ich sonst machen soll, greife ich nach einem Brötchen und fange an, es durchzuschneiden.

»Wie auch immer«, sagt Oma, »ich habe mich entschuldigt, und wir haben uns ausgesprochen.«

In mir fängt es an zu brodeln, wie wenn ich wütend bin. Was Oma erzählt, sollte mich freuen, stattdessen ärgert es mich. Ich lasse das Messer los, das mit lautem Klirren auf den Teller fällt, dann springe ich auf und renne in den Wald.

Das Brodeln wird schlimmer, am liebsten würde ich laut schreien. Stattdessen renne ich, bis ich unter den Baumkronen bin.

Sie hat sich entschuldigt? Sie haben sich ausgesprochen?

Ich trete mit voller Wucht gegen eine Wurzel, woraufhin mir der Fuß wehtut. Wie war es bei mir, als ich mich entschuldigt habe?

»Nora?«

Oma ist plötzlich direkt hinter mir. Ich erschrecke so, dass mir die Luft wegbleibt. Oma ist mir noch nie in den Wald gefolgt.

»Geh weg«, sage ich.

Oma rührt sich nicht von der Stelle. Ich will wieder gegen etwas treten, aber mein Fuß tut so weh.

»Das ist ungerecht«, sage ich.

Fast scheint Oma zu lächeln.

»Ich habe mich auch entschuldigt.«

Doch, sie lächelt tatsächlich, und ich verstehe nicht, warum. Gleichzeitig kommt sie auf mich zu, breitet die Arme aus und drückt mich an ihre Brust.

»Nora, liebe Nora.«

Plötzlich ist Oma Mama ganz ähnlich.

»Es ist schwer, verliebt zu sein«, sagt Oma.

»Ich bin nicht verliebt!«

Oma lacht kurz auf, und ich frage mich in der Zwischenzeit, woher sie weiß, dass ich verliebt bin.

»Tja«, sagt Oma, »aber Abbas ist verliebt.«

»Was?«

Ich weiß, dass Abbas mich mag. Aber in mich verliebt? So richtig?

»Und manchmal«, fährt Oma fort, »ist es schwerer, das Richtige zu sagen, wenn man verliebt ist. Kann es schwerer sein, sich auszusprechen. Oder an sich heranzulassen, was der andere sagt, zum Beispiel, wenn er oder sie *Entschuldigung* sagt. Weil so viele Gefühle im Spiel sind.«

Ich weiß genau, wovon Oma spricht, ich wusste nur

148

nicht, dass es Abbas auch so geht. Dass er manchmal Probleme hat, die richtigen Worte zu finden, weil er verliebt ist.

Ich weiß nicht, was ich noch sagen soll. Vielleicht weiß Oma auch nicht, was sie noch sagen soll, denn sie führt mich einfach zurück zu ihrem Haus und zum Terrassentisch, wo sie mich auf einen Stuhl drückt. Sie schneidet ein Brötchen für mich auf und streicht eine dicke Schicht Leberpastete darauf, und ich esse das ganze Brötchen und noch zwei hinterher, beide auch mit Leberpastete, und trinke zwei Gläser Saft.

»Hallo«, sagt Oma plötzlich.

Ich schaue zu ihr hoch. Sie starrt auf einen Punkt hinter mir.

»Hallo?«, antworte ich.

Oma richtet den Blick auf mich.

»Nein«, sagt sie. »Hallo, *Abbas*.«

Ich drehe mich so schnell um, dass mein Eierbecher mit dem Ei darin umfällt und über den Terrassenboden kullert, dabei geht das Ei kaputt. Das Atmen fällt mir plötzlich schwer.

»Abbas …«, flüstere ich.

Er steht da mit dem blauen Fotoalbum unter dem Arm.

»Möchtest du etwas essen?«, fragt Oma.

Abbas nickt kurz und kommt auf die Terrasse. Er setzt sich, ohne mich dabei anzusehen.

»Ich wollte nur Nora zuerst noch was sagen«, fährt Abbas fort.

Mein Atem hängt in der Lunge fest.

»Entschuldigung«, sagt Abbas zu einem Teller mit Salami.

Ein froschartiger Laut entschlüpft mir. Eine Weile ist es still, dann schaut Abbas zu Oma hinüber.

»Entschuldigung.«

»Abbas«, sagt Oma, »du brauchst dich nicht bei mir zu entschuldigen.«

Abbas starrt auf die Tischplatte.

»Ich hätte nicht so sauer auf dich sein sollen.«

»Es ist erlaubt, sauer zu sein.«

Abbas blickt zu Oma hoch.

»Es ist erlaubt, es ungerecht zu finden.«

Abbas nickt zögerlich. Oma zieht einen der Stühle für ihn heran, und Abbas setzt sich.

»Als du gegangen bist, hat Papa angefangen zu reden … über Afghanistan … über Mama … über alles. Zum ersten Mal.«

Oma lächelt.

»Das freut mich.«

Abrupt steht Oma auf. Sie sagt nichts und verschwindet im Haus. Ich habe keinen Schimmer, wohin mit meinem Blick. Er flackert über den Aufschnitt und hoch zur Unterseite des Sonnenschirms, der mit kleinen Blümchen verziert ist. Ich traue mich nicht, Abbas anzuschauen, obwohl es das Einzige ist, was ich will. Ich traue mich nicht, auch nur ein Wort zu sagen, obwohl ich am liebsten der ganzen Welt zurufen würde, dass ich in ihn verliebt bin.

»Hast du …«, sagt Abbas, wird aber von Oma unterbrochen, die wieder im Anmarsch ist.

Sie hat einen Teller und Besteck für Abbas dabei und knallt beides vor ihm auf den Tisch. Im selben Schwung hebt sie die Hand und winkt. Ich drehe mich um und sehe Sayed und Kamal. Sayed winkt zurück, während Kamal Misse entdeckt und zu der Katze rennt. Misse läuft nicht davon, sondern geht auf Kamal zu und schmiegt sich an sein Bein.

»Hallo«, sagt Sayed, als er an der Terrasse angelangt ist. Er setzt sich, und Oma und er fangen sofort an, über die Ereignisse der letzten Tage zu reden, in ziemlich ernstem Ton. Sie sprechen über Dorrits Benehmen, über das Fotoalbum, über Soraya und Afghanistan, aber ich höre nicht hin. Mich interessiert nur, dass Abbas hier ist. Ich gebe vor zu essen, so als wäre alles auf dem Tisch sehr interessant, als würden Kamal und Misse auf dem Hof etwas unglaublich Spannendes veranstalten. Aber eigentlich interessiere ich mich nur für Abbas. Ich kann an nichts anderes denken, als dass er mir gegenübersitzt, nahe genug, dass wir fast dieselbe Luft einatmen.

Abbas folgt dem Gespräch der Erwachsenen. Er nickt ziemlich oft. Verständlicherweise, schließlich geht es um ihn. Um sein zweites Land, seine Mutter und seine Geschichte. Ich interessiere mich auch dafür, ich kann bloß nicht zuhören, weil Abbas hier ist.

»Worüber lächelst du eigentlich, Nora?«, fragt Oma plötzlich.

»Was?«, sage ich erschrocken.

Abbas zeigt das Lächeln, das ich so wahnsinnig vermisst habe.

»Spaß beiseite«, sagt Sayed und räuspert sich.

Oma schenkt Kaffee nach.

»Ihr habt ja trotz allem etwas getan, was ihr nicht tun solltet«, sagt er. »Ihr seid in eine Hütte eingebrochen, die euch nicht gehört, und habt euch dort benommen, als wärt ihr die Besitzer.«

Oma stellt die Kanne heftiger ab als nötig.

»Siehst du das anders, Wendy?«, fragt er.

»Den Sachverhalt sehe ich genauso«, antwortet sie. »Ich stimme nur nicht zu bei dem, was du vorschlagen willst.«

»Ich finde, Abbas und Nora sollten sich entschuldigen, so wie Dorrit es verlangt hat«, sagt Sayed. »Ist es das, was du anders siehst?«

»Ja«, antwortet Oma. »*Sie* sollte sich entschuldigen.«

»Das ist irrelevant«, sagt Sayed.

»Sie hat deinen Sohn angeschrien.«

»Ja, nachdem er in ihre Hütte eingebrochen war.«

»Sie hat rassistische Dinge von sich gegeben«, fährt Oma fort.

»Das sollten wir nicht vermischen«, pariert Sayed. »Abbas und Nora haben *zuerst* etwas Verkehrtes getan.«

Oma schnaubt.

»Ich habe auch keine Lust darauf«, fährt Sayed fort, »es ist eher das Letzte, womit ich meinen Tag verbringen will, aber es ist Dorrits gutes Recht, eine Entschuldigung zu verlangen … und ich finde, wir sollten ihr da entgegenkommen.«

Ich schaue von der einen zum anderen. Oma macht den Mund auf, um zu widersprechen, wird aber unterbrochen:

»Ich will mich entschuldigen«, sagt Abbas.

Wir schauen ihn alle drei an. Ich schüttle langsam den Kopf.

»Nach allem, was sie dir angetan hat?«, frage ich leise.

Er dreht sich zu mir um.

»Wir haben einen Fehler gemacht«, sagt er.

»Aber …«, sage ich, nach wie vor nicht überzeugt.

»Es kommt mir vor, als hätte sie Macht über mich, wenn ich es nicht tue«, sagt Abbas etwas leiser.

Ich verstehe, was er meint, auch wenn ich selbst nie auf den Gedanken gekommen wäre.

Wir bleiben noch eine Weile am Terrassentisch sitzen. Irgendwann hat Kamal keine Lust mehr, mit Misse zu spielen, und gesellt sich zu uns. Oma hat Mal- und Schreibsachen geholt, weil Abbas und ich uns einig waren, Zettel mit Stichworten zu machen, was wir Dorrit bei unserer Entschuldigung sagen sollen. Uns ist beiden klar, dass die Sache nicht einfach sein wird und dass wir am besten gut vorbereitet hingehen. Oma und Sayed reden über früher und trinken heißen Kaffee, obwohl es fast dreißig Grad sind.

»Ich glaube, das hier ist das Schlimmste, was ich je machen musste«, sagt Abbas.

»Geht mir genauso«, sage ich.

»Schlimmer als zehn Fußballspiele hintereinander zu verlieren«, schiebt Abbas hinterher.

»Schlimmer, als in Sport als Letzte gewählt zu werden«, sage ich.

»Ja«, sagt Abbas, »aber es muss sein.«

Wir sitzen ganz nah beieinander, über die Zettel gebeugt. Das Geräusch von einem Auto, das auf den Hof rollt, lässt uns alle aufschauen. Das Auto bremst scharf ab, und es dauert eine Sekunde, bevor mir klar wird, was ich sehe: das hässliche blaue Auto von Truls.

Ich werfe Oma einen raschen Blick zu, die mich ratlos anschaut. Dann geht die Fahrertür auf.

Eine Frau steigt aus und lächelt uns zu.

»MAMA!«, rufe ich.

Ich springe so schnell auf, dass mein Stuhl umkippt.

»MAMA!«, rufe ich noch einmal und renne los.

Mama kommt mir entgegen. Ich renne so schnell auf sie zu, dass sie fast rückwärts umfällt, als ich mich in ihre Arme werfe. Sie drückt mich an sich.

»Mäuschen«, flüstert sie. »Mein Spatz.«

Auf der Terrasse ist Oma aufgestanden. Sie kommt die Treppe herunter, während Sayed, Kamal und Abbas sitzen bleiben. Alle drei sehen uns verwundert zu. Ich lasse Mama los.

»Das hier ist …«, fange ich an, »Abbas.«

Mehr bringe ich nicht heraus. Ich zeige auf Abbas, der verlegen auf den Tisch starrt. Mama wuschelt mir durch die Haare und winkt den anderen am Terrassentisch zu.

»Das ist ja eine Überraschung«, sagt Oma, als sie unten ankommt.

Sie breitet die Arme aus, während Mama auf sie zugeht

154

und sich von Oma umarmen lässt wie ein kleines Kind. Mama atmet schwer.

Ich werfe einen Blick auf das Auto. Die anderen Sitze sind leer.

»Kommt Thilo noch?«, frage ich.

Mama nickt.

»Vielleicht«, sagt sie, »hoffentlich. In ein paar Tagen. Sie kommen mit dem Zug. Ich habe ja das Auto genommen …«

Ich drücke Mamas Hand ganz fest und führe sie auf die Terrasse.

»Hallo«, sagt Mama, »ich bin Anita, Noras Mama …«

Alle begrüßen Mama nacheinander, während Oma ins Haus geht, um noch mehr zu essen zu holen. Mama setzt sich, und wir bringen sie auf den neuesten Stand, dass wir vorhaben, uns zu entschuldigen. Sie versteht sofort, warum Abbas sich entschuldigen will.

»Ich stehe zu hundert Prozent hinter euch!«, sagt sie.

Sie hilft uns mit den Stichworten, aber dann stellt Sayed ihr eine Frage, und die Erwachsenen reden unter sich. Abbas und ich sitzen wieder allein vor unseren Zetteln, dicht nebeneinander. Es ist wie immer und doch auch nicht. Plötzlich lachen wir über etwas, beide gleichzeitig, wie früher, aber genauso plötzlich sind wir wieder still, und ich traue mich kaum, Abbas anzuschauen. Wenn er im selben Moment aufschaut, beeile ich mich, wieder auf die Zettel zu starren.

In mir bizzelt es so, dass ich fast Mühe habe, die richtigen Buchstaben zu schreiben. Ich spüre aber auch, wie sehr mir vor der Entschuldigung graut. Dorrit ist der schlimmste Mensch, den ich kenne, und jetzt sollen wir in ihr Café gehen und um Verzeihung bitten. Ich habe Angst vor ihrer Reaktion, dass sie Abbas wieder runtermacht und mich nicht. Am meisten fürchte ich mich aber davor, dass ich es nicht schaffe, das zu sagen, was ich sagen muss.

17

Als wir ein paar Stunden später vor Dorrits Café parken,
bin ich so nervös, dass ich im Nacken schwitze. Mama,
Sayed, Oma und Kamal bleiben beim Auto.

»Viel Glück«, flüstert Mama.

Kamal zeigt uns zwei gereckte Daumen, als wollten wir
vom Fünfer springen, dabei ist das hier viel schlimmer.
Meine Hände sind so schwitzig, dass der Zettel in meiner Faust schon ganz feucht ist. Ich schiele zu Abbas
hinüber. Sein Pony klebt an der Stirn.

Durch das große Fenster zum Parkplatz kann ich Dorrits Hinterkopf sehen. Er ist leicht nach vorn gebeugt
und bewegt sich fast nicht. Ich blicke mich noch einmal um: Die Erwachsenen und Kamal schauen uns hinterher. Sayed und Oma haben die Arme verschränkt.
Ich mache die Tür auf. Die kleine Glocke darüber bimmelt.

Dorrit schaut von der Zeitschrift auf, in der sie liest.

»Na, so was«, sagt sie.

Sie wirkt nicht wütend. Ich hatte mir vorgestellt, dass

sie stinkwütend ist. Aber sie sitzt ganz ruhig da, als hätte sie auf uns gewartet. Weder Abbas noch ich sagen ein Wort.

»Kann ich euch behilflich sein?«, fragt sie übertrieben freundlich.

Ich spüre die Ironie.

»Wir …«, setzt Abbas an, aber dann kommt nichts mehr aus seinem Mund.

Ich drücke den Zettel in meiner Hand ganz fest. Abbas neben mir faltet seinen auseinander. Er wirft mir einen Blick zu, den ich erwidere.

»Wir wollen uns entschuldigen«, sagt Abbas, seine Stimme ist eine Spur zu laut. »Dafür … dass …«

Er schielt auf den Zettel. Ich kann spüren, wie nervös er ist. Das Problem ist nur, ich bin mindestens genauso nervös. Dorrit starrt uns böse an. Sie sieht aus wie eine Kreuzung aus einer Schlange und einem Hai. Blass mit funkelnden Augen, die nichts Gutes verheißen.

»Wegen der Hütte«, sage ich mit Unterstützung des Zettels.

Die Worte »*Hütte*« und »*Entschuldigung*« stehen neben »*Fehler*«, »*Unrecht*« und »*nie wieder*«. Ich scanne den Zettel, um das nächste Wort zu suchen, das ich laut sagen will, aber Abbas kommt mir zuvor:

»Es tut uns sehr leid. Es war völlig daneben von uns, die Hütte zu benutzen, Sie und Ihre Sachen nicht zu respektieren. Wir wollen uns von ganzem Herzen entschuldigen, und wir versprechen, Ihre Sachen und Ihre Hütte nie wieder anzurühren.«

Dorrit starrt Abbas an. Niemand sagt etwas. Schließlich beendet sie die Stille und klatscht dreimal.

»Bravo«, sagt sie. »Sehr überzeugend. Fast wäre ich dir auf den Leim gegangen.«

Sie lächelt. Es fühlt sich aber richtig fies an. Weil ich weiß, dass das Lächeln nicht echt ist.

»War sonst noch was?«, fragt sie.

»Nein«, höre ich mich sagen.

Dorrit nimmt die Zeitschrift wieder hoch und dreht sich halb von uns weg.

Abbas und ich gehen zur Tür. *War das alles?* Ich hatte Schlimmeres erwartet.

Wir öffnen die Tür zu dem warmen Sommertag. Erst jetzt merke ich, wie kalt mir ist. Auf der anderen Seite des Parkplatzes stehen die anderen und platzen vor Neugier. Eine schwelende Wut steigt in mir hoch. Im Café habe ich vor allem Angst gehabt, aber jetzt merke ich, wie provoziert ich mich fühle. Wie kann Dorrit es wagen?

Wir sind noch einige Meter entfernt, da fragt Mama schon:

»Wie ist es gelaufen? War sie sauer? Gerührt? Hat sie es bereut? Was hat sie gesagt?«

»Anita«, fällt Oma ihr ins Wort.

»Was ist passiert?«

»Ähm«, sagt Abbas, »nicht sehr viel.«

Die drei Erwachsenen schweigen.

»Hat sie gemeine Sachen gesagt?«, will Kamal wissen.

Abbas und ich denken nach.

»Im Prinzip ...«, sage ich.

»... nicht«, ergänzt Abbas.

Wir wechseln Blicke.

»Sie hat uns die Entschuldigung nicht abgenommen«, fügt Abbas hinzu.

Oma und Mama wirken nachdenklich. Ich kann sehen, dass Mama am liebsten weitere Fragen stellen würde, sich aber zurückhält. Dann schaue ich zu Sayed, der das Gegenteil von nachdenklich ist. Sein ganzes Gesicht hat sich zu einer Grimasse verzogen.

»Papa?«, sagt Abbas.

»Damit finde ich mich nicht ab«, sagt Sayed leise.

Plötzlich steuert er mit entschlossenen Schritten auf das Café zu. Es dauert ein paar Sekunden, bis wir anderen reagieren, aber dann gehen wir rasch hinter ihm her.

Beim Café angekommen, reißt er die Tür so heftig auf, dass das Glöckchen fast herunterfällt.

»Dorrit!«, fährt Sayed sie an.

Wir anderen drängen uns hinter ihm hinein. Als ich Dorrit wiedersehe, schwappt eine Welle der Wut durch mich hindurch.

»Ja, hallo«, sagt Dorrit, ohne auch nur ein einziges Gefühl zu zeigen.

»Für wen hältst du dich eigentlich?«, fragt Sayed.

»Worum geht's?«, fragt Dorrit mit einem Hauch von Gereiztheit in der Stimme.

»Verdammt, für wen hältst du dich eigentlich?«, wiederholt Sayed.

Seine Stimme ist fest. Dorrit blinzelt.

Mama bohrt mir ihre Fingernägel in die Schultern. Es kommt mir vor, als könnte ich Sayeds Wut spüren, aber während er ganz ruhig bleibt, fängt mein Körper an zu zittern. Ich *hasse* Dorrit.

Abbas steht neben mir, hinter ihm ist Oma, ihre Hände ruhen auf Kamals Schultern, der sein Gesicht halb an sie drückt.

»Glaubst du, der Ort hier gehört dir allein?«, fährt Sayed fort. »Glaubst du, du kannst dich aufführen, wie du willst? Mit aus der Zeit gefallenen Witzen und Ansichten?«

»Aus der Zeit gefallen?«, quiekt Dorrit.

Ihre Schultern sind ein bisschen abgesackt. Meine haben sich gehoben.

»Du solltest mal ›Zukunft‹ googeln, Dorrit«, fährt Sayed fort, »Zu-kunft. Verstehst du? Kein Mensch hier hat Lust auf eine rassistische Frau wie dich. Wenn jemand hier weg muss, dann du. Nicht *wir* – wir sind hier zu Hause. Wir engagieren uns. Im Gegensatz zu dir.«

Sayed hat alles mit unerschütterlicher Ruhe vorgebracht, ohne die Stimme zu erheben. In mir schreit es.

»Du hast kein Recht, meinen Sohn so zu behandeln«, sagt Sayed und will gerade weiterreden, als Dorrit sich vor ihm aufplustert.

»Er ist in meine Hütte eingebrochen«, setzt Dorrit an. »Hat dort *gestohlen* …«

»Er hat nichts gestohlen«, sage ich, allerdings nicht so laut, wie ich gehofft hatte.

Mama packt meine Schultern noch fester, aber ich entwinde mich ihrem Griff.

»Wir haben nichts gestohlen!«, wiederhole ich lauter.

Ich mache ein paar Schritte auf Dorrit zu, stehe jetzt neben Sayed. Dorrit sieht mir in die Augen, aber ich habe keine Angst mehr. In mir läuft etwas über:

»SIE DUMME NUSS!«, schreie ich.

Sayed sieht mich an. Es sieht fast so aus, als würde er lächeln.

»SIE SIND EIN RICHTIG FIESER MENSCH!«, brülle ich.

Ich schnappe nach Luft. Durch Dorrit geht ein winziges Zucken. Ich fülle meine Lungen mit Luft:

»Sie … Sie sind so diskriminierend!«, schreie ich. »Nur weil Abbas noch aus einem anderen Land stammt als Norwegen, passen Sie auf, dass er ja bezahlt, und tun so, als wäre ich nicht auch in dieser Hütte gewesen! Ich war aber da, und es war meine Idee! Aber Sie wollen nur rassistisch sein, einfach so! Und das ist nicht okay! Das ist ungerecht, damit müssen Sie aufhören!«

Ich fauche wie ein Hund. Wie ich erst jetzt merke, habe ich die Hände so fest zu Fäusten geballt, dass sich meine Fingernägel in die Handfläche eingraben. Dorrit blinzelt und stellt sich gerade hin. Sie macht den Mund auf, um etwas zu sagen, schließt ihn aber wieder.

Neben mir räuspert sich Sayed.

»Noch ein Wort von dir, Dorrit, über etwas anderes als das Wetter, dann …«, sagt er.

Dorrit sieht keinen von uns an.

»Was dann?«, flüstert sie mit schwacher Stimme.

»Dann wirst du eine Menge Kunden verlieren, denke ich«, beendet Sayed ganz ruhig seinen Satz.

»Ha!«, sagt Dorrit mit schwacher Stimme.

Sie nestelt an einem Schlüsselbund herum, rot im Gesicht.

»Kommt«, sagt Sayed, »wir gehen.«

Abbas dreht sich zu mir um.

»Komm, Nora«, sagt er.

Er nimmt meine Hand und zieht mich aus dem Café. Die anderen sind ein paar Meter vor uns, auf dem Weg zu den Autos.

Abbas drückt meine Hand, und ich drücke seine fest zurück.

Ich gehe langsamer und schaue ihm in die Augen. Abbas' Augen strahlen mir entgegen. Nachmittags, wenn das Licht nicht so stark ist, sind sie am schönsten. Dann sieht man, wie grün sie sind, wie Smaragde oder grünes Spüli. Ich will nichts anderes tun, als in diese Augen zu schauen, für immer, seine Hand fest zu drücken und dabei den pochenden Pulsschlag in meinem Körper zu spüren.

Ich lasse erst los, als wir ganz nah beim Auto sind. Fast hätte er mit mir hineinklettern müssen, als ich mich in die Mitte setze, dort, wo Misse immer liegt. Dann steigen Mama und Oma ein, und Oma lässt den Motor an. Die drei anderen winken, während wir auf die Straße biegen.

Die Fenster sind offen, und das Auto füllt sich mit kühler Luft, die ich tief einatme.

»Das war mutig von dir, Nora«, sagt Oma.

Sie grinst, wie sie mit wehenden Haaren am Steuer sitzt.

»Sehr«, pflichtet Mama ihr bei und hält die Hand aus dem Autofenster.

Ich weiß nicht, ob ich mutig war oder ob ich einfach nur getan habe, was ich schon vor langer Zeit hätte tun sollen.

18

Ich laufe hinaus in den hellen Morgen, laufe barfuß durchs Gras, zu Mama und Oma, die auf der Terrasse stehen und versuchen, eine Lichterkette aufzuhängen. Wir haben Sayed, Kamal und Abbas zum Essen eingeladen, denn es ist mein letzter Abend. Morgen fahre ich nach Hause.

Ich nehme die Tischdecke, die zusammengelegt auf einem Stuhl liegt, breite sie über den Tisch und streiche sie glatt. Bald steigen Mama und Oma von ihren Schemeln herunter und helfen mir beim Tischdecken.

»Es war ein total schöner Sommer, Oma«, sage ich. »Trotz der Sache mit Dorrit.«

Oma lächelt. Ich wende mich an Mama.

»Wusstest du, dass es für mich ein schöner Sommer wird, wenn ich hierherfahre?«, frage ich.

»Nein«, antwortet Mama, »ich war ganz schön nervös.«

»... es wurde ja aber auch mal Zeit«, sagt Oma.

Mama betrachtet Oma lange.

»Das stimmt«, sagt sie.

»Ich habe letztes Jahr schon gefragt, ob du kommen kannst«, sagt Oma.

»Echt?«

Oma nickt.

»Aber das hat Anita abgelehnt.«

»Damals war sie ja noch jünger!«, wendet Mama ein.

»Schon«, sagt Oma, immer noch ruhig. »Vielleicht war es ja die richtige Entscheidung. Ich habe mich nur so unglaublich gefreut, als du erlaubt hast, dass Nora diesen Sommer zu mir kommt. Denn obwohl ich die Entscheidungen in meinem Leben nicht bereut habe, habe ich euch vermisst. So ist quasi ein Loch zwischen uns aufgeklafft, und mit jedem Tag, an dem ich nicht angerufen habe, und jeder Geburtstagskarte, die ich vergessen habe, wurde es schwieriger, das Loch zu stopfen.«

»Puh«, sagt Mama, »lass uns dafür sorgen, dass das nicht wieder passiert.«

Omas Gesichtsausdruck bekommt etwas Trauriges. Sie sagt nur schnell »Schauen wir mal« und kümmert sich übertrieben eifrig um das Besteck. Mama geht zu ihr und streicht ihr über den Rücken, dann legt sie ihren Kopf behutsam auf Omas Schulter. So bleiben sie einen Moment stehen, wiegen sich vor und zurück, bevor sie sich wieder voneinander lösen und weiter den Tisch decken.

Lange bevor die Gäste kommen, sitze ich schon am Tisch. Ich habe den gleichen Platz wie letztes Mal, als Abbas zum Essen erwartet wurde. Ständig schaue ich nach hinten. Endlich höre ich Sayeds Wagen auf den Hof fahren. Abbas, Kamal und Sayed springen heraus. Sayed beugt sich über den Rücksitz und holt ein Tablett mit Kuchen heraus.

Wir setzen uns an den Tisch und reden sofort über den gestrigen Vorfall.

»Und du so: *Red bloß nicht über was anderes als das Wetter*«, lacht Abbas.

Er äfft Dorrits Reaktion nach. Sayed verwuschelt ihm die Haare und lacht.

»Und du so, du so …«, sagt Kamal und sieht mich an, »du so: *Legen Sie sich doch gehackt, Dorrit!*«

Kamal lacht so heftig, dass er fast vom Stuhl kippt.

»Das hab ich doch gar nicht gesagt, aber …« Ich muss lachen.

»Was du getan hast, hatte jedenfalls Stil«, sagt Oma.

So vergeht der restliche Nachmittag, und es wird Abend, aber niemand hat vor zu gehen. Nachdem wir uns alle zweimal den Teller vollgeladen haben, taucht zwischen den Bäumen ein schwarzes Taxi auf.

Mama erhebt sich.

»Oh!«, sagt sie und geht die Terrassenstufen hinunter. Noch bevor sie auf dem Rasen angekommen ist, rennt sie los.

»Truls!«, ruft sie. »Thilo …!«

Ich springe von meinem Stuhl auf und nehme die Treppe mit einem Satz. Die anderen schauen von der Terrasse aus zu. Ich hole Mama ein und bin fast vor ihr beim Taxi. Angeschnallt in einem Kindersitz hinter dem Fahrer schläft Thilo. Verschwitzt und erschöpft. Ich mache vorsichtig die Tür auf und fange an, ihn aus dem Sitz zu lösen. Er gurgelt leicht und wird fast wach, brabbelt im Schlaf, bevor er wieder ruhig wird.

Truls spricht mit dem Fahrer, wird aber davon unterbrochen, dass Mama sich in seine Arme wirft.

Ich trage den schlafenden Thilo zu den anderen auf die Terrasse. Mama und Truls kommen hinter uns her. Ich zeige Thilo vorsichtig den anderen. Sayed streicht ihm über den Haarflaum. Kamal drückt mit dem Finger auf seine Nase, ohne dass er wach wird. Ich trage ihn ins Wohnzimmer, wo ich ihn aufs Sofa lege und zudecke. Er gurgelt wieder und murmelt vor sich hin, dann scheint er plötzlich »Nora« zu sagen, aber das kann doch gar nicht sein. Ich starre ihn an, warte darauf, dass er es noch einmal sagt, aber jetzt schläft er so fest, dass ihn nicht einmal ein Rockkonzert wecken könnte.

Truls ist ganz offensichtlich über alles informiert, er redet so, als wäre er die letzten Tage dabei gewesen. Kein Mensch schickt uns zum Zähneputzen oder ins Bett. Kamal fallen über einem Handyspiel die Augen zu. Sayed nimmt ihn auf den Schoß, wo er einschläft. Abbas lacht, während die Erwachsenen sich zuprosten. Die Lichter der Lichterkette färben unsere Gesichter gelb, denn jetzt ist es fast so dunkel, dass man von Dunkelheit sprechen kann, und das heißt, dass der Abend und der Sommer bald vorbei sind.

Das Zimmer ist kühl. Ich bleibe noch eine Weile unter der Decke liegen, dann setze ich mich auf. Meine Kleider sind im ganzen Zimmer verstreut, mein Koffer liegt noch unter dem Bett. Ich konnte mich bisher nicht mit dem Gedanken anfreunden, zu packen, aber jetzt kann ich es nicht länger vor mir herschieben. Ich brauche den ganzen Morgen. Meine Sachen sind überall, auch im roten Haus, und Mama und Oma helfen und nerven im Wechsel.

Truls hievt meinen Koffer genau in dem Moment in den Kofferraum, als Sayeds Auto auf den Hof rollt. Kamal springt heraus, Abbas folgt gleich hinterher.

Er kommt auf mich zu, und ich bringe es nicht über mich, seinem Blick zu begegnen. Ich merke, dass die Erwachsenen uns beobachten.

»Wir lassen euch ein bisschen allein«, murmelt Sayed.

Die anderen gehen zur Terrasse und versuchen so gut es geht, zu verbergen, dass sie zu uns herüberschielen.

Abbas macht den Anfang:

»Ähm, vielen Dank für alles.«

Und plötzlich bringe ich kein Wort mehr heraus. Die Worte wollen nicht kommen. Fast habe ich vergessen, wie sich das anfühlt, weil es so lange her ist. Mit Abbas zu reden war so leicht.

»Nora«, fährt er fort, »ich …«

Dann bricht er ab. Ich suche fieberhaft nach Worten, egal nach welchen: »Banane«, »Karussell«, »Regentropfen«. Keins passt.

»Oasis«, ploppt es aus mir heraus.

Abbas sieht mich an, ein halbes Lächeln.

»Ich meine …«, sage ich, »der Sommer war quasi perfekt. Wie Oasis. Nicht die Band. Sondern wie wenn man in der Wüste ist und Wasser braucht. So in etwa war es. Für mich. Und dann habe ich dich gefunden. Wobei ... nicht ich habe dich gefunden, sondern ... ja ... wir. Du verstehst.«

»Oasis«, sagt Abbas. »Ich verstehe, zu hundert Prozent.«

»Gut«, sage ich und muss zu Boden schauen, weil mir die Tränen in die Augen schießen.

Ich merke nicht, dass er näher kommt, aber ich spüre seine Arme, die mich festhalten, mich an ihn drücken, lange. Ich schniefe in seine Schulter, und er flüstert mir ins Ohr:

»Ich mag dich lieber als alle anderen.«

Dann lässt er mich los. Mir wird fast kalt, als ich mich von ihm löse.

»Bis bald, wir sehen uns«, sagt er.

»Wir sehen uns«, sage ich.

Als wir auf die Hauptstraße biegen, treffen die ersten Regentropfen auf die Windschutzscheibe. Mir wird plötzlich klar, dass es seit dem Tag, an dem wir zum letzten Mal in der Hütte waren, nicht mehr geregnet hat. Dem Tag, als Abbas und ich uns unter der Fichte geküsst haben. Und das ist nur eins von tausend Dingen, die diesen Sommer passiert sind. Bis zu meinem Tod wird mir dieser Sommer in Erinnerung bleiben. Als der Sommer, in dem einfach alles passiert ist.

ClimatePartner.com/53248-2011-1002

Dieses Buch wurde klimaneutral produziert. Dadurch fördern wir anerkannte
Nachhaltigkeitsprojekte auf der ganzen Welt. Erfahre mehr über die Projekte,
die wir unterstützen, und begleite uns auf unserem Weg unter www.oetinger.de

MIX
Papier | Fördert
gute Waldnutzung
FSC® C014496

1. Auflage
© 2024 Verlag Friedrich Oetinger GmbH,
Max-Brauer-Allee 34, 22765 Hamburg
Alle Rechte für die deutschsprachige Ausgabe vorbehalten
© Text: Iben Akerlie 2022
© Übersetzung: Ina Kronenberger 2024
© Coverillustration und Vignetten: Laura Rosendorfer 2024
Die norwegische Originalausgabe erschien 2022
bei Aschehoug & Co. (W. Nygaard) AS
unter dem Titel »Sommeren alt skjedde«
Veröffentlicht in Absprache mit Oslo Literary Agency
Veröffentlicht mit freundlicher Unterstützung von NORLA

NORLA
Norwegian
Literature Abroad

Printed 2024
ISBN 978-3-7512-0417-0

www.oetinger.de

Was dein Leseherz begehrt!
Tauche ein in unsere Welt voller
Bücher, Medien und mehr.

Ob Buch oder Hörbuch, gedruckt oder digital, für dich oder deine Liebsten: In unserem Webshop findest du garantiert, was du suchst!

Durchstöbere unser breites Angebot an fantasievollen und mitreißenden Geschichten für Kinder, Jugendliche und junge Erwachsene sowie Spiele und Geschenkideen für Groß & Klein.

Scanne einfach den QR-Code oder besuche uns auf **oetinger.de** und lass dich inspirieren!

Hier geht es direkt zum Webshop!

Oetinger

Weitere Informationen unter:
www.oetinger.de

Die besten Neuigkeiten aus der Welt der Bücher – abonniere jetzt unseren Newsletter!

Wenn es um deine Lieblingsheld*innen geht, möchtest du stets auf dem neuesten Stand sein? Dann registriere dich jetzt für unseren Newsletter und freue dich auf aktuelle Neuerscheinungen, tolle Sonderaktionen & Gewinnspiele, kostenlose Downloads, Spiele Geschenkideen und vieles mehr!

Genau auf dich zugeschnitten erhältst du regelmäßig Empfehlungen aus der Welt der Kinder- und Jugendliteratur. Und als besonderes Highlight verlosen wir unter allen Neu-Abonnent*innen monatlich ein spannendes Buchpaket.

Scanne einfach den QR-Code oder besuche uns auf **oetinger.de/newsletter** und werde Teil unserer Community!

Hier geht es direkt zur Newsletter-Anmeldung!

Oetinger

Weitere Informationen unter:
www.oetinger.de

Bring dich und deine Ideen ein!

Du bist Expert*in, denn du weißt am besten, was dir gefällt. Im User-LAB kannst du deine Meinung und Gedanken zu verschiedenen Produkten, zu Buchcovern, geplanten Reihen oder digitalen Medien einbringen.

Das UserLAB ist eine Einladung an dich, bei uns mitzumachen. Gemeinsam entwickeln wir Geschichten neu!

Neugierig? Dann mach mit beim Oetinger UserLAB. Viele spannende Umfragen warten auf dich!

Hier geht es direkt zum UserLAB!

 Oetinger

Weitere Informationen unter:
www.oetinger.de/newsletter-userlab